思考する身体に触れるための18章

言葉が鍛えられる場所

平川克美

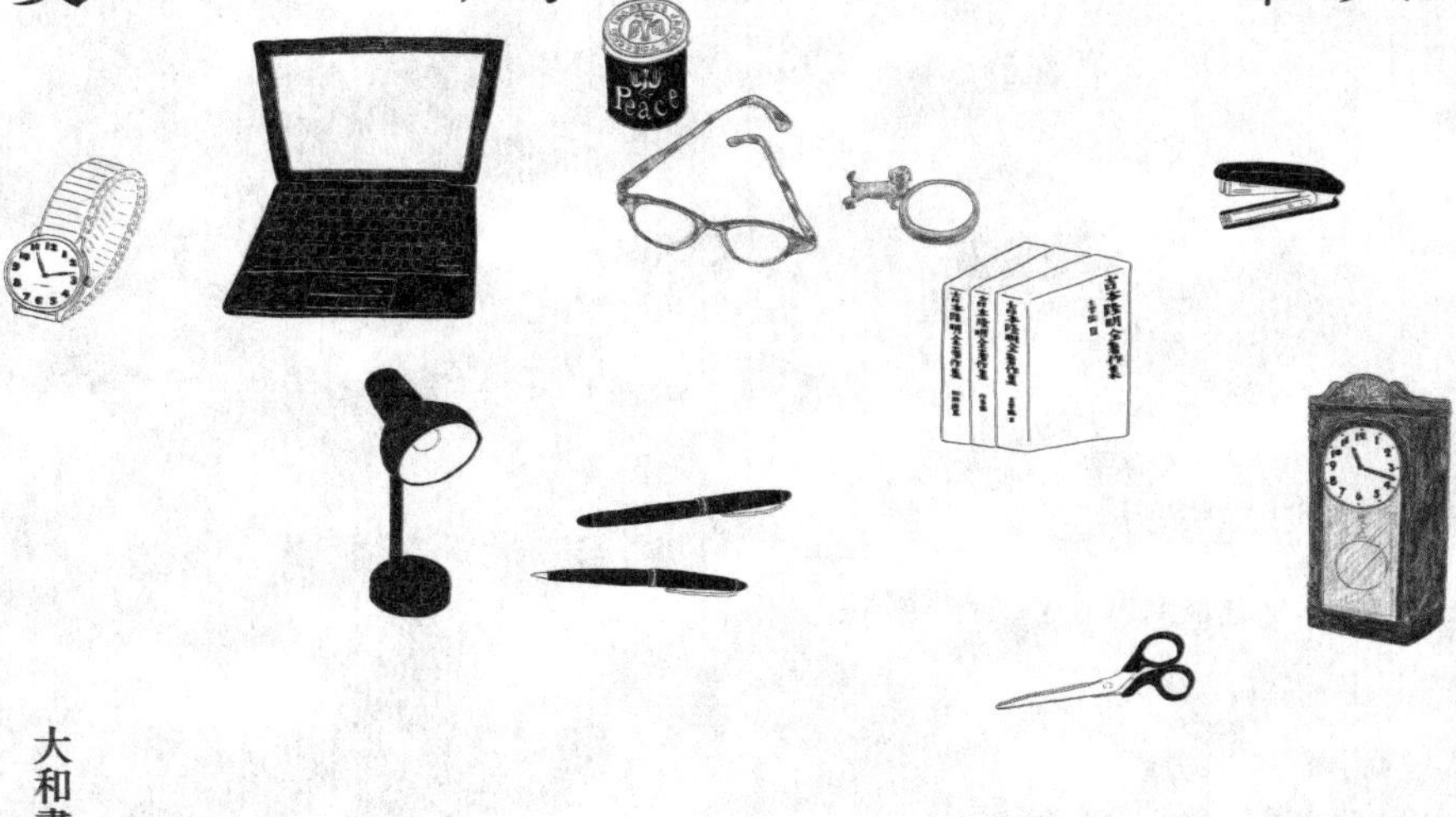

大和書房

四十年前の自分におとしまえをつける
——はじめに

「言葉」が隠蔽しようとするもの

本書は、これまでわたしが書いてきたものとは、少しばかり趣の違うテーマを中心にした十八のエッセイから成り立っています。大半は大和書房のホームページで連載していたものですが、それらについても大幅に加筆修正しています。

「趣の違うテーマ」と言いましたが、詩や映画について論じたものが多く、それならば今までのエッセイと同じじゃないかと言われるかもしれません。

わたしが、これまで書いてきたものは大きく分けて、ビジネスもの、経済もの、介護もの、路地裏人生ものの四つの分野がほとんどなのですが、今回ここに文芸ものが付け加わる形になりました。

本書が、これまで書いたものと違うのは「言葉」について、強いこだわりを持って書いているということです。そして、「言葉」が指示しているものやことがらの意味についてというよりは、「言葉」が隠蔽《いんぺい》しようとしているものが何であるのかについて書いてみようと思ったのです。

本書では、わたしの好きな詩をいくつか、ご紹介させていただきました。取り上げた詩人は、石原吉郎《いしはらよしろう》、黒田喜夫《くろだきお》、鮎川信夫《あゆかわのぶお》、吉本隆明《よしもとたかあき》、谷川俊《たにがわしゅん》太郎《たろう》といった戦後詩人が中心なのですが、清水哲男《しみずてつお》、吉野弘《よしのひろし》、小池昌代《こいけまさよ》といった詩人の作品にも言及しています。この中で、実際にお会いして、言葉を交わす機会に恵まれたのは、谷川俊太郎さん、清水哲男さん、小池昌代さんです。かれらが話をするときの、言葉に対する洞察《どうさつ》と、奥行き、そして限度を超えた優しさには心動かされるものがありました。お会いしていない戦後詩人たちの詩は、わたしにとって特別の意味を持っていました。これらの詩人たちは、単に好きだということを超えて、一種謎のような言葉を残して去っていった兄であり、姉なのです。もし、詩が、何かを表現すると同時に、何かを覆い隠すものなのだとすれば、ここで取り上げた詩人たちはまさにその実践者と言ってよいでしょう。かれらにとっては、おそらくは、詩こそ、その表面の意味の下に、周到に作者自身を隠すのに最もふさわしい表現形式でした。

二十代の頃、わたしは詩を読むことに没頭していた時期があり、自分でもへたくそな詩を何篇か書いたことがありました。二十七歳で会社を興して以後は、詩を読むことから遠ざかり、書くこともしなくなりましたが、今回の企画を機に、昔読んでいた詩集や評論を書棚から引っ張り出して、再読してみました。

驚いたことに、若い頃、あれほど熱中していた詩が、なんだか色褪せたものになっていたり、当時はなんか面白くないなと思いながら読んでいた詩が、初めて見た光景のように輝いたりして、いったいわたしは何を読んでいたのだろうかと思ったものです。同時に歳月の不思議にも触れた気持ちになります。

今のわたしが、どんな詩の、どんな言葉に惹《ひ》かれたのか、それは何故なのか、そしてそれが何を意味しているのかについて、自由に、存分に綴ってみたいという思いをずっと抱いていましたが、本書はそのささやかな願いを叶えてくれました。わたしは、なんだか若年の頃の自分に、おとしまえをつけたような気分になっているのです。

これらの極めて私的なテーマによって書き進められたエッセイが、果たしてどれだけの読者の皆様に受け入れていただけるのか、不安なところもありますが、ここに取り上げた詩作品の素晴らしさを皆様と共有できるだけでも、本書を著した甲斐はあると思っています。

言葉が鍛えられる場所　目次

見えるものと見えないもの

――鍛えられた言葉

「あのひと」の不在

言葉が鍛えられるとは、どういうことなのでしょうか。あるいは、鍛えられた言葉とはどのような言葉なのでしょうか。

それを、一言で説明することはできません。わたしたちは、日常の生活の中でも、小説や詩集の中でも、とき折、ありふれた言葉なのに、ずしりとした重さを感じたり、いつまでも心に残ったりするという経験をします。ひとつの言葉の前で立ち止まり、その言葉の周囲に浮かび上がる風景の中に、特別な意味が隠されているような気持ちになることもあります。

橋の向こうからみどりのきれはしが
どんどんふくらんでバスになって走ってくる
待ち続けたきつい目をほっとほどいて
五人、六人が停留所へ寄る
六人、七人、首をたれて乗車する
待ち続けたものが来ることはふしぎだ
来ないものを待つことがわたしの仕事だから

（小池昌代「永遠に来ないバス」部分　詩集『永遠に来ないバス』所収）

小池昌代《こいけまさよ》の詩を読んでいると、これは、わたしがもう忘れていたけれど、どこかで見た風景だと思うことが度々あります。

詩を読むということの楽しみのひとつは、そうした、忘れてしまったことさえ忘れているような風景に不意に出会うことがあるということかもしれません。

わたしにとっては、「みどりのきれはしが、どんどんふくらんでバス」になる光景が、その忘れてしまった少年期を思い出させてくれるのです。

この詩は、どこか地方都市のバス停留所の、ありふれた日常的な風景を描写したものに過ぎません。ただ、「永遠に来ないバス」というタイトルが、この日常的な風景に、ちょっとした希望と不安を付け加え、この短い詩が、わたしに、長い時間についての思い、つまりは人生についての物語を喚起させてくれるのです。わたしたちは、この詩のように、「永遠に来ないバス」を待ち続けながら、成長してゆく。そして、気が付いたときには、待っていたことさえ忘れて、わたしたちは次の駅まで運ばれている。

なんとも、うまい詩だと思いますが、この詩に対するとらえ方は、読者の数だけあるだろうし、それでよいのだと思います。

わたしの場合は、その詩が切り取った観念や風景を、必ず自分の現実の文脈の中に置き直していることに気が付きます。

そこで、もう一度、何故、この詩がわたしに強い既視感をもたらしてくれるのかについて考えてみます。この詩は、まったくありふれた日常的な光景の描写であり、平易な言葉が、無理なく重ねられているだけなのですが、そうすることで、小池昌代という詩人は見えないものを見るという経験をわたしにもたらしてくれていることに気が付きます。

見えないもの、それは時間なのですが、詩人が詩人になるのは、見えないものが見えるときなのかもしれません。

でも、見えないものが見えるだけでは、ひとは詩人にはなりません。見えないものを、他人にも見させることができること、つまりは、見えないものを見えるように表現する奇術を使うことで、詩人になるのでしょう。

アルチュール・ランボーが持っていた、見えないものを見る才能について、多くの批評家が指摘してきました。ランボーは、幻視者であり、透視者であり、詩人なのだと。ヴァイアンというランボーに付けられた形容は、まさにランボーが見えないものを見ることができる詩人であったことに対する称賛でしょう。そしてもちろん、ランボーは読者に、ランボーの視線を分け与えることに成功したからこそ、詩人だったのです。

小池昌代の詩作品について論じるときにランボーを持ち出すのは、いかにも唐突なのでしょうが、わたしには、小池昌代という詩人は、しばしば見えないものを、見えるようにしてしまう稀有の詩人であると思うのです。

引用した詩の場合は、見えないものとは時間です。この詩を読み終わったわたしは、見えなかった時間が、まるで「みどりのきれはしがバスになる」ように見えるようになっているということなのです。

見えないものは時間だけではありません。わたしたちが生きている世界は、まさに見えないものに囲まれているのですが、通常はそういったものを見ようとはしないわけです。

ところで
きょうのあさは
りんごをひとつ　てのひらへのせた
つま先まで　きちんと届けられていく

これはとてもエロティックなおもさだ

地球の中心が　いまここへ
じりじりとずらされても不思議はない
そんな威力のある、このあさのかたまりである

（小池昌代「りんご」部分　詩集『水の町から歩きだして』所収）

もちろん、りんごひとつの重力が、見えないものですが、この詩で見えないのはその重力だけではありません。

この詩のラストに「あのひとと　もう会わない　そうして　きょうのあさは　りんごをひとつ　てのひらへのせた」とあります。つまり、リンゴの重力とは、「あのひと」の不在です。

わたしたちは、この詩を読みながら、恋人だったひととの不在が、リンゴの重さに代わるという奇術を見せられることになるのです。「不在」というものをどのようにしたら見えるものにできるのか。このとんでもなく難しいテーマを、小池昌代はいとも

簡単そうにやってのけます。

見えるものと見えないものをめぐって、小池昌代はその詩的な感覚を研ぎ澄ましていったのだろうと思います。

わたしは、詩を読むときに、その詩の光景を、自分の現実に置きなおして読むと書きました。わたしの現実とは、見えるものに囲まれ、形のあるものを確かなものだと信じられる、「いま・ここ」の世界です。しかし、見えるものがあるのは、見えないものがあるからであり、形のあるものが確かだと思えるのは、形のない不確かなものが存在しているからであり、輪郭のはっきりとした外側があるのは、輪郭を持たない内側があるからだということを、しばしば忘れてしまうのです。

鍛えられた言葉は、いつも、見えるもの、存在、充足、正確さというものの背後に、見えないもの、不在、欠落、遅れを導き入れるのです。そうすることによって、「いま・ここ」の世界は、「いまではない・ここではない」世界によって成り立っていることを教えてくれます。

希望を語らず、悔恨を語らず

このことは、言葉について考える上で大変重要なことだとわたしは考えています。以前、内田樹くんとのメールのやり取り（『東京ファイティングキッズ』）の中で、わたしは、自己否定の胚珠を持たない自己主張など何ものでもないと書いたことがあります。ちょっと、わかりにくい言い方かもしれませんが、今でもわたしは、常にこのように思っているのです。

言い方を変えれば、自信満々なんていうのは、信ずるに足りないということです。自分が主張することは百パーセント正しいんだと思い込むことは、ほとんど信憑というべきなのです。どのような思考にも、幾分かはその思考そのものを否定する因子というものが含まれており、それが、自分の頭で考えるということの意味であり、それがなければ、ひとは成長することができないということになります。もっとくだいた言い方をするならば、自分の言っていることなんか、大したことではないんだという構えが必要だということです。いや、これは逆説とか韜晦《とうかい》というのとは、違うのです。

自分を相対化できない思想というものは、すべて信憑であるということなのです。

そして、このことは、あらゆる言葉にも、敷衍《ふえん》することができるだろうとわたしは考えています。

後の章で紹介しますが、鮎川信夫《あゆかわのぶお》が自伝的なものを書けと言われて、「『なぜ作品を書いてきたか?』と問われれば、『ほかにする仕事がなかったから』というのが、いちばん正直な答え」だと答えています。これなどまさに、韜晦でも逆説でもない、自己否定の胚珠《はいしゅ》を裡に秘めた言葉だろうと思います。

場合によっては、この自己否定の胚珠は、自己処罰へと発展することもあります。しかし、たとえば鮎川信夫のような戦後詩人にとっては、自分が自暴自棄なニヒリズムへと脱していくことを食い止める方法でもあったのです。

この章で、引用するつもりはなかったのですが、自己否定、自己処罰、自己相対化の最も顕著な例として、鮎川信夫の代表作を引用しておきます。

繋船ホテルの朝の歌

ひどく降りはじめた雨のなかを
おまえはただ遠くへ行こうとしていた
死のガードをもとめて
悲しみの街から遠ざかろうとしていた
おまえの濡れた肩を抱きしめたとき
なまぐさい夜風の街が
おれには港のように思えたのだ
船室の灯のひとつひとつを
可憐な魂のノスタルジアにともして
巨大な黒い影が波止場にうずくまっている
おれはずぶ濡れの悔恨をすてて
とおい航海に出よう
背負い袋のようにおまえをひっかついで
航海に出ようとおもった

電線のかすかな唸りが
海を飛んでゆく耳鳴りのように思えた

これが、第一連です。

まさか、小池昌代さんの詩の後に、鮎川信夫を引用することになるとは思っていませんでしたが、自己否定というタームを軸に、現代の詩がくるりと反転して、戦後詩へとまた戻ってしまいました。

ところで、「おれ」は、この船を繋いだ簡易安ホテルに女とふたりで投宿します。この船でとおい航海に出ようと思うのですが、もちろん、船は一寸も動き出すことはないのです。繋船ホテルで女と行き場のないような一夜を明かすわけです。そこには、どんな解決もなく、どんな慰撫《いぶ》もありませんでした。そんなことは、「おれ」には、最初からわかっていたわけです。

そして、この詩はこんなふうに終わります。

窓の風景は

額縁のなかに嵌めこまれている
ああ　おれは雨と街路と夜がほしい
夜にならなければ
この倦怠の街の全景を
うまく抱擁することが出来ないのだ
西と東の二つの大戦の間に生まれて
恋にも革命にも失敗し
急転直下堕落していったあの
イデオロギストの顰め面を窓からつきだしてみる
街は死んでいる
さわやかな朝の風が
頸輪ずれしたおれの咽喉につめたい剃刀をあてる
おれには掘割のそばに立っている人影が
胸をえぐられ
永遠に吠えることのない狼に見えてくる

（鮎川信夫「繋船ホテルの朝の歌」最終連）

なんというデスペレートな気分を誘う詩なのかと思われるでしょう。この詩には、どこにも救いというものがありません。かといって、過剰な退廃好みを表現してみせたというものでもありません。この詩の作者の内面風景をただ、素直にたどれば、こういう風景にしかならないんだというように書かれています。

当初、わたしは、鮎川の他の代表的な作品である、「橋上の人」や「アメリカ」に比べて、この作品がどうしても好きになれませんでした。「橋上の人」も「アメリカ」も、鮎川たちが精神的に依拠した詩人Ｔ・Ｓエリオットの「荒地」のように、構築的であり、ひとつの時代を切り取る優れた叙事詩でした。しかし、この「繋船ホテルの朝の歌」にはそのような構築的なものもなければ、いかなる夢もない、ただ作者の心象を安ホテルの窓の内と外の風景に仮託して語っているだけのように見えます。ただ、何度も読み返せば、そこにはどんな希望も、そして、悔恨も語るまいという作者の強い意志を感じることができるだろうと思います。この詩の中には、どんなポジティブな風景もほとんど存在していないのですが、ありのままを見届けようとしている作者の眼差しだけは生きているのです。

後年、『現代詩』誌上に連載された「わたしのアンソロジイ」を一冊にまとめた本が出版されました。山本太郎《やまもとたろう》、大岡信《おおおかまこと》、那珂太郎《なかたろう》、茨木《いばらぎ》のり子を含めた十六名の詩人たちの、それぞれのアンソロジーを集めた本[※1]のメンバーの一人である鮎川信夫は、その中でこんなことを述べています。

根のない植物なら、死ぬほかはないが、人間は、根がなくても生きてゆけると信じた。

（中略）

われわれのやらなければならないことは、近代をのりこえてゆくこと——絶対的に近代的であること——であって、近代からあとずさりすることではない。自分にとって、近代的であるということは、世界と接触を失わないということでなければならないと思った。私にとって、詩は、そのための唯一の窓であったのである。

（「わが愛する詩」より抜粋[※2]）

「切なさ」をめぐって

――二十年後のシンクロニシティ

二十年の空白を埋める嘘

まだ、青二才の頃、わたしは、毎年夏になると、長野県南安曇郡安曇村を訪ねました。新宿発アルプス11号に乗ると、信州の松本駅には夜中の十一時頃到着します。

今は近代的な駅舎になっていますが、改築前の松本駅はなかなか風情のある木造駅舎で、アルプスを目指す登山客が、何人もストーブの周囲のベンチで一夜を明かし、翌朝一番の松本電鉄島々線に乗って、新島々という駅に向かいます。のどかな田舎の風景の中を走るローカル線の終点駅からは、上高地行きのバスが出ていました。

わたしは、上高地行には乗らずに、電車に乗り合わせた登山客たちと別れて乗鞍岳行きのバスに乗り込みます。そして番所というところで下車するのですが、そこに、学生時代から通い詰めた民宿「いずみ屋」がありました。

「いずみ屋」では、おじさんとおばさん（とわたしは呼んでいたのですが）夫婦と、三人姉妹がお客さんを迎えてくれます。

最初にわたしが訪ねたときには、一番下の子であるかおりちゃんはまだ四歳か五歳。わたしが食堂で荷をおろしていると、窓越しに広がる緑一色のトウモロコシ畑の中を、日焼けをした身体に、赤いTシャツがよく似合う、体格のよい若者が、その子を肩車して歩いてくるのが見えました。

畑の緑と、空の青と、赤いTシャツ。

Jポップのジャケットのような光景ですが、今でも鮮烈に記憶に焼き付けられています。

わたしは毎年夏になると、この民宿を訪ねるようになり、それが二十年間続きました。

仕事をはじめるようになってからは、足が遠のいてしまい、青年期のしびれるような時間を過ごした山間の村のことを、思い出すことも次第になくなっていきました。

ある日、「いずみ屋」で知り合った友人から、おじさんが死んだという知らせを受け取りました。スーパー林道の工事現場で、削岩機の故障を調べるためローラーの内部に入っていたときに、スイッチの誤動作でそのまま岩と一緒に砕かれてしまったということでした。わたしは、おじさんが死んだということよりも、その壮絶な死に方に絶句したのでした。


あれから、瞬く間に二十年が経過しました。

久々に連休がとれたので、わたしは知人の親子を連れて上高地に遊びに行きました。その帰りに、ふとあの村のことを思い出し、ちょっと立ち寄ってみようかという気持ちになりました。知人に、わたしと村の関係を説明して、懐かしい林道を潜り抜け、民宿にたどりついたときには、正午を少しまわっていました。信州らしいおだやかな日差しが、道端の草花に降り注いでいました。

村は昔のまま変わってはいなかったのですが、二十年間帰らなかった村は、やはりどこかよそよそしい印象でした。

「いずみ屋」も改装したらしく、玄関も新しくなっていました。

もし、知っている人が誰もいなくなっていたら、と思うとそのまま引き返したいような気持ちになりましたが、ここまで来たのだからやはり訪ねてみようと思い返し、砂利道を踏んで玄関の前に進み出ました。

引き戸を開けて「こんにちは」と言ったのですが返答がありません。

昼食が終わって、どこかに出かけているのかしら。

一瞬、このまま引き返したほうがいいのかなと思ったのですが、もう一度、大きな声で「こんにちは」と叫びました。

少し、間があって、中から人が出てくる気配がしました。

そして、目の前に、見覚えのある顔が現れたのです。


わたしは、すぐにわかりました。

目を丸くしてわたしを見つめているのが次女のふみちゃんだということを。

二十年の不在という時間がそこには挟まれていました。

わたしと、ふみちゃんの間には、そのまましばらく沈黙の時間が流れました。

「ふみちゃんか?」とわたしが言うと、ふみちゃんが「えー、ヒラカワさん、今、ヒラカワさんの話をしていたんよ」と意外なことを言ったのです。

「嘘だろ、え、本当かよ」

「そー、今ちょうど、ヒラカワさんどうしてるかねって」

こんなことってあるのだろうかとわたしは思いながらも、この不思議な巡り合わせに幸福を感じていました。

二十年振りに訪ねたのに、ちょうどわたしが玄関の引き戸を開けたタイミングで、次女のふみちゃんと、長女のさっちゃんがわたしの話をしていたのだという。

しかし、さっちゃんが玄関に現れてこないので、今ちょうどわたしの話をしていたというのは嘘だと、すぐにわかりました。

さっちゃんは、近くにある一ノ瀬園地のゲストハウスに働きに出ていて留守でした。

それでも、わたしはふみちゃんの嘘がうれしくて、二十年間の空白が一度に埋められたような気持になっていました。

「ところで、おっかさん、どうしてる?」とわたしが聞くと、ふみちゃんはちょっと暗い顔になりました。

数年前に、病気がもとで亡くなったということでした。

そうか、おじさんもおばさんももういないのか。

さきほどまでの幸せな気持ちが急速にしぼんでいくのがわかりました。

二十年という時の流れは、すべてを変えてしまう。

山間の村で、以前わたしが知り合った茶店のおばさんも、隣の民宿のご主人も、亡くなってしまったという。

それでも、車でこの村に入ってきた旅行者にとっては、何ひとつ変わらない風景が待ち受けている。

表面は変らないが、内部は常に変転しているのが世の定めというものなのでしょう。

しばらく昔話をして、わたしは庭に停めた車に待たせていた知人のところへ戻りました。

そして、エンジンのキーを差し込み、車を発車させました。

エンジンの音が鳴ると、ふみちゃんは玄関から飛び出してきて、長いこと手を振って見送ってくれました。

ふみちゃんの姿は、フェンダーミラーのなかで、どんどん小さくなっていきました。

「切なさ」の形而上学

帰りの車の中で、ひとつの言葉が浮かんできました。

それは、おばさんの口癖になっていた言葉です。

わたしが、「今日はあまり体調がよくないんで、晩飯は抜きでいいよ」と言ったとき、おばさんはこう言いました。

「ヒラカワさん、そんなせつねぇこと言うなや」

おばさんは、その言葉を本来の意味とは別の意味でもよく使いました。

仕事がうまく捗らないときも、「ああ、せつねぇ」、民宿のお客さんが何かクレームを付けたときも「せつねぇお客だよ」、可愛い犬の頭をなでながら「せつねぇ犬だな」なんて言うのです。

本来の意味と言いましたが、いったいこの「切ない」という言葉の本来の意味はどういうものなのでしょうか。

広辞苑によると

圧迫されて苦しい。胸がしめつけられる思いでつらい。浄瑠璃、大磯虎稚物語「切なき恋は持ちたれど」。「切ない思い」

となっています。これでは、あまりに簡単すぎます。だいたい、切ないの意味の説明に「切ない思い」って。いや、これは用例でしたね。

新明解国語辞典だとこうなります。

自分の置かれた苦しい立場・境遇を打開する道が全く無く、やりきれない気持だ

広辞苑の説明とは若干ニュアンスが違いますね。こちらのほうが確かに「明解」かもしれません。でも、切ないとやりきれないは、何かちょっと違うなとも思います。

三省堂大辞林だとこうなります。

①（寂しさ・悲しさ・恋しさなどで）胸がしめつけられるような気持ちだ。つらくやるせない。「切ない胸の内を明かす」

②大切に思っている。深く心を寄せている。「義経に心ざしの切なき人もあるらん／幸若・清重」

③苦しい。肉体的に苦痛だ。「湯を強ひられるも切ないもんだ／咄本・鯛の味噌津」

④せっぱ詰まった状態である。「詮議つめられ切なく川中に飛び込み／浮世草子・武家義理物語 3」

⑤生活が苦しい。「切ないに絹の襦袢でけいこさせ／柳多留 12」

なるほど、だいぶ詳細な説明が出てきました。こういうことなら、おばさんの「せつねぇ」の使い方はまんざら間違いではなさそうです。

「切ない」とは、よいにせよ、悪いにせよ、制御不能な過剰な思いを表現しており、かなり広範な場面で使われているようです。

さて、「いずみ屋」を立ち去ったわたしですが、帰りの車の中で、急に胸が締め付けられるような気持ちが込み上げてきて往生しました。懐かしい村に降り立って、なんとも言えない幸福な気持ちになり、その直後悲しい知らせを受けて辛い気持ちになり、その場を立ち去るときには、娘さんの振る手をフェンダーミラーで見ながら、ほとんど泣きたいような気持ちになっていたのだと思います。

この気持ちをどんな言葉で表現できるのでしょうか。

おそらく、それを最もうまく伝えようと思ったら、詩人ならばひとつの詩を書くのだろうと思います。

わたしは、このとき確かに、切ない気持ちで胸がいっぱいになっていました。

切ないとしか言いようのない気持ちだったのです。

かくして、これから以後、この山間の村は「切ない場所」としてわたしの中に登録されることになりました。

わたしたちとは、わたしたちの過去

いまでも、長野県南安曇郡安曇村のことを思い出すと、切なさが込み上げてきます。

いや、それは何もこのときの思い出があったからではないでしょう。

青年期のある時期の、切り取られた時間というものは、誰にとっても切ないものです。

それはもはや、どのようにしても取り戻すことのできない時間だからです。

大金を積もうが、学知を積もうが、この時間だけは取り戻すことができません。

しかし、だからといって、それがもうどこにも存在しないということでもありません。

過ぎ去った時間は、まさに「切なさ」の感覚としてわたしたちの内部に蓄積されているわけです。ひとも村も、過ぎ去った過去の時間の中では切ない陰影を伴って記憶されています。

わたしたちは、その過去の堆積の上に立っているのであって、未来など何ほどのものでもないとわたしは思うようになりました。

わたしたちとは、わたしたちの過去のことだということです。

つまりは、わたしたちは「切なさ」の上に人生を築き上げているということです。

未来に向けた明るい言葉など信ずるものかと、思うわけです。


この項の締めくくりに、不思議な詩をひとつご紹介したいと思います。とても、カラフルで明るい詩ですが、なぜか切ない気持ちが込み上げてくるような気もする一篇です。皆さんは、どのように、この詩を読まれるでしょうか。そして、この詩を書いた人間は、どのような人生経験を経てきたのでしょうか（後に、この詩人についてもう少し詳しく書くつもりです）。

自転車にのるクラリモンドよ
目をつぶれ
自転車にのるクラリモンドの

肩にのる白い記憶よ
目をつぶれ
クラリモンドの肩のうえの
記憶のなかのクラリモンドよ
目をつぶれ
目をつぶれ
シャワーのような
記憶のなかの
赤とみどりの
とんぼがえり
顔には耳が
手には指が
町には記憶が
ママレードには愛が

そうして目をつぶった
ものがたりがはじまった

自転車にのるクラリモンドの
自転車のうえのクラリモンド
幸福なクラリモンドの
幸福のなかのクラリモンド
そうして目をつぶった
ものがたりがはじまった
町には空が
空にはリボンが
リボンの下には
クラリモンドが

（石原吉郎『自転車にのるクラリモンド』[※3]）

母なるものをめぐって

——最も語りにくい話題について

過剰と不足のはざま

一昨年、わたしは父親の介護をめぐって一冊の本を上梓《じょうし》しました。父親の介護は一年半続いたのですが、実はその前に母親が大腿骨骨折で入院し、やっと退院というときに子宮頸《けい》がんが見つかり、つごう半年ほど介護生活を行うことになったのです。わたしは、自分が書いた本の中で、母親のことについては簡単な事実報告以外には、ほとんど言及することはありませんでした。

父親については、かなり詳しく、しかも父親の内面の葛藤にまで踏み込んで書いたのですが、母親について書こうとは思いませんでした。

いや、書こうと思わなかったのではなくて、書けなかったのです。

男の子にとっては、父親は自画像のひとつであり、乗り越えなくてはならない自我を父親の中に投影することになります。

父親に対する尊敬、齟齬《そご》、軽蔑、闘争、離反、和解といったアンビバレントな感情の葛藤は、まさに自分自身のアドレッセンス（青春）に対する葛藤であり、そのプロセスを経て初めてアドレッセンスを脱して大人になっていくのだろうと思います。

男の子が大人になるためには、精神的に父親を殺害しなければならない、ということです。殺害なんて言うと、物々しいのですが、そういった劇場的な物語は視点さえ定めてしまえば案外書き易いものなのです。そこには個人的な思いとは次元を異にする、人類史的なひとつの定型があり、古来、父殺しの話型は、神話や小説や、舞台劇の中に幾度となく描かれてきたわけですから。

しかし、母親については、そういった普遍的な物語には回収できないものがあるのですね。

物語にするには、あまりに生々しく、できれば触れずにそっとしておきたい存在です。母なるものは常に散文的な物語の背景の中に隠蔽された〈生もの〉なのかもしれません。わたしが、父親の介護の物語を書いている間も、実は常に母親のことが頭にありました。

ですから、あの本は、父親との介護生活を描きながら、読み返してみれば母親への想いというものがその全編に主張、低音のように響いているはずです。

まあ、わたしの意図がうまくいったかどうかは、わかりませんし、こんなことを書いているのも後付けの思い付きなのかもしれませんが。

以前、テレビを見ていたら、野球の野村克也元監督が母親について墓前で語る、というシーンに思わず目が釘付けになりました。

「母親は苦労ばっかりで、何の報いもなくて……」というようなことを、例の調子でぼそぼそと呟いた後、「どうも、(墓前から)去り難いんだよな」と言ったきり、黙ったまま墓の前に佇んでいました。

この「(墓前から)去り難い」という言葉が、しばらくわたしの中に残っていました。

「報われることのない苦労を黙々と重ねて逝ってしまったひと」というのは、わたしより年長の方たちの共通の母親像なのかもしれません。

その後、このテレビのことは忘れていましたが、ある日、お彼岸に埼玉県にある父母の墓参りに出かけ、墓前にお水と、お花を供え、お線香を焚いて、手を合わせて立ち去ろうとしたときに、不意に野村元監督の言葉が浮かんできたのです。暑さ寒さも彼岸までと言いますが、まだ真夏のような太陽が照りつける残暑厳しい日でした。蝉の音を聞きながら、わたしは、「何か、去り難いんだよな」と心の中で呟いていました。

そして、半時間ほど墓の前でボーっとして、「じゃ」と言って立ち去ったのです。この、去り難いという感覚は、母親について語るときの、唯一の語り得る通路のような気がします。

何か、正面切って語ろうとすれば、過剰になるか、あるいは言葉が足りないということになる他はないような存在が、母親だということです。

おそらくは、誰にとっても母親は、常にある種の過剰さとして存在しています。過剰な期待、過剰な愛情、過剰な心配はどんな母親にもある属性なのかもしれません。

一方、それらの過剰さを受け止めるこちら側も、過剰に母親を忌避《きひ》したり、過剰に思い入れをしたり、過剰に無関心を装ったりするしかありません。

生きているうちはうまく距離がとれないのが、男子にとっての母親なのかもしれません。

わたしの世代にはそういった方が多いのではないでしょうか。

今のひとはそうでもないのかもしれませんね。

どうなんでしょうか。

とにかく、母親について何かを語ろうとするときには、距離のとり方がよくわからない。

距離を縮めれば、自分のことを際限もなく語ることになるだろうし、距離をとり過ぎれば嘘の親子愛の物語を語ってしまうことになるような気がするのです。

そんなものを読まされるのは、たまったものではありません。

小説やエッセイの中でも、母親について語られたものはあまり多くはないように思えます。

特に男性作家の場合、母親について語るということにはためらい、とまどいといった感覚が出てきてしまい、どこか語ることを押しとどめる気持ちが働きます。

物語上手の太宰治は、母親について書く代わりに、乳母に仮託して母親的な心情を描写しました。『津軽』に出てくる乳母の描写は、まさに理想化された、観念上の母親です。

映画には「母子もの」は案外多いのですが、それはこのテーマが誰にでもわかり易く、切実であり、興行的にも成功の確率が高かったのでしょう。わたしの大好きな成《なる》瀬巳喜男《せみきお》にも傑作『おかあさん』があります。

戦後、数々の映画賞を勝ち取り、アメリカに渡り、日本の母親役にはふさわしくない格好で帰国し、「投げキッス事件」でバッシングされた、田中絹代《たなかきぬよ》が再び母親役を演じたいわくつきの作品です。

『おかあさん』は、無条件な母親賛歌で、観ていてこちらが照れくさくなるほどなのですが、成瀬監督は他の母子ものも何本か撮っていて、母なるものに、日本人の典型的な、いや理想化された女性像というものを投影したのでしょうか。

それとも、当時毀誉褒貶《きよほうへん》のさなかにあった、田中絹代をもう一度、スクリーンの上に、理想の母親像として蘇らせようという意図があったのでしょうか。

まあ、そんな詮索はあまり意味がないほど、この映画は理想化された母親像を見事に描き出しています。

小説においても、映画においても、母親は理想化というフィルターを通して描かれることが多いというのがわたしの印象です。

それ以外の描き方はほとんど困難なように思えます。

詩の中に登場する母の像

ところが、詩の中に出てくる母親はそれらの母親像とは少し趣を異にしています。

通常、詩はダイレクトに心情を吐露したものだと考えられているところもあるようですが、むしろ反対で、詩という形式の中に、個人的な心情を隠蔽することができるのです。

北原白秋《きたはらはくしゅう》や三木露風《みきろふう》の叙情を受け継ぐ極北の詩人、吉田一穂《よしだいっすい》は「母」という珠玉の一篇を残しています。そこでは、実体としての母親なるもののイメージが極限にまで圧搾され、これ以上の純度には耐えられないところまで純化した母のイメージが出現します。

あ、麗はしい距離《ディスタンス》、
つねに遠のいてゆく風景……
悲しみの彼方、母への、
捜り打つ夜半の最弱音《ピアニッシモ》。

みごとな詩だと思います。ほとんど幾何学の上に現れる母の記号といった趣です。書かれたのは大正十五年頃なので、当時の日本人がこの詩をどのように受け止めたのか、よくわからないところもありますが、散文的な母親像とはまったく違った聖堂のイコンような静謐な母親像がここにはあります。感情をそのまま吐露すれば、かなり湿り気の多い、べたついたものになりそうなのですが、それをイコンのように記号化することで、過剰な感情を押しとどめることに成功しています。

これだけで、十分だと思わせるものがあります。

一方、山形県米沢で生まれて、農民運動を生きてきた革命詩人である黒田喜夫の『毒虫飼育』の中に出てくる母親は、吉田一穂の作り上げた母のイメージとは対極にある、無知で、土着的で、因習の中を生きている生々しい母親です。

この詩を読んだとき、わたしは「まったくそうだよな」と妙に納得してしまいました。

目の前に、わたしの母のイメージが重なって二重写しになるような印象でした。

アパートの四畳半で
おふくろが変なことをはじめた
おまえもやっと職につけたし三十年ぶりに蚕を飼うよ
それから青菜を刻んで笊《ざる》に入れた※4

その詩はこんなふうにはじまります。「おふくろ」が育てようとしているのは、作者の分身である「ぼく」が生まれた年にとっておいた蚕の卵です。「おふくろ」は夜明かしで卵が孵《かえ》るのを見届けようとしているようです。
翌日、勤めの帰りに「ぼく」が桑の葉の代わりにこまつ菜を買って帰ると、「おふくろ」が「やっと生まれたよ」と言って、笊を抱えて「ぼく」のほうへにじりよってきます。

すでにこぼれた一寸ばかりの虫がてんてん座敷を這っている
尺取虫だ
いや土色の肌は似ているが脈動する背に生えている棘状のものが異様だ
三十年秘められてきた妄執《もうしゅう》の突然変異か
刺されたら半時間で絶命するという近東沙漠の植物に湧くジヒギトリに酷似している
触れたときの恐怖を想ってこわばったが
もういうべきだ
えたいのしれない嗚咽をかんじながら

おかあさん革命は遠く去りました
革命は遠い沙漠の国だけです
この虫は蚕じゃない
この虫は見たこともない
だが嬉しげに笑う鬢のあたりに虫が這っている
肩にまつわって蠢いている
そのまま迫ってきて
革命ってなんだえ
またおまえの夢がもどってきたのかえ

もし未読であれば、是非とも全篇をお読みいただきたいのですが、初めてこの詩を読んだときの衝撃を忘れることはできません。わたしがこの詩に触れたのは、大学で学生運動に没頭しているときでした。ここにあるのは、容易には動かし難い因習的で牢固な現実と、そこから離反して、現実に足場を持たない革命を信じている自分への激しい批判です。いったいこの言葉の背後にはどれほどの苦難の体験が堆積しているのかと呆然となったのを覚えています。

六〇年代の政治的な季節の中で、これほどの自己批判と報われることのない果てしない抵抗への眼差しを、詩の言葉に定着し得た黒田に畏敬《いけい》の念を禁じ得ませんでした。

今は少しだけ、この詩人のやろうとしていたことを冷静に見られるようになりました。

表現はおどろおどろしいのですが、ここに現れる母親像は、ある意味では日本の農村では典型的なものです。

無知と因習が支配する空気の中で、しかし、それゆえにしぶとくもあり、逞《たくま》しく生きてきた民衆の原像が浮かび上がってきます。

母親とは、ある意味で日本の前近代そのものを、身体の奥底に抱え続けてきた日本人の集合的無意識そのものの象徴なのです。

わたしにとっての語り難い母親は、吉田一穂が作り出した純化された母なるものの記号と、黒田喜夫が描いた生々しい母親のイメージの間のどこかにあって、今でも揺れ動いていています。

沈黙と測り合えるほどの言葉

——沈黙の語法

理解を拒絶する言葉

最近、終戦後シベリア抑留から帰還した方とお会いする機会がありました。その方は浅草にあるお寺の僧侶なのですが、抑留者は帰還後もロシア帰りということで、何かにつけて差別的な目で見られたと、言葉少なに語ってくれました。第二次大戦を生き延びた方たちは相当な高齢になっており、直接話を聴く機会も減っています。もう何年かすれば、戦中派の話を聞く機会は永久に失われてしまうことになるでしょう。

3・11の東日本大震災の後、わたしは戦中派の方の話を聴きたいものだと思っていました。なぜなら、かれらこそは東京が壊滅的な打擊を受けた関東大震災や、東京大空襲という経験をしてきており、そういった災厄が人間をどのように変えていくのかについて実感を持って語ることができると思うからです。

わたしたちは、3・11の震災と、そのときに起きた福島第一原子力発電所の事故について、テレビや新聞が報じる話を毎日毎日聴いたり読んだりしてきたわけですが、政治家の言葉は信ずることができず、評論家や識者と言われる方々の語り口にもどこか胡散臭いものを感じてしまうのを禁じ得ませんでした。

この災厄に関しては、戦後の日本の原子力政策にまつわる利権の問題が常に影を落としています。原子力村と言われる、不可視の網の目のような利権構造は、事故が起こるまでは正面切って取り上げられることはありませんでした。

しかし、震災と原発事故との関連や、放射能被害の影響などについて語っている評論家や、識者が東京電力から直接、間接に利益を供与されているケースがあったことが明らかになるにつれて、わたしたちは疑い深くならざるを得なかったと言えるでしょう。

政治家も、識者も、評論家も、実際のカタストロフィーを体験しているわけではありません。今回の災厄に関して言えば、被害の直接の当事者であるよりは、間接的な加害者である可能性のほうが高いのです。

わたしが本当に聴きたいのは、それを語る人たちが、自らの体験として己の身体を賭けた場所から発する、そのような言葉でした。


シベリア抑留者であったそのお坊さんがおっしゃるには、シベリア体験というのは語り難いものであり、抑留者は一様に口が重いということでした。

その理由はいくつもあるのでしょうが、わたしはそのお話を聴きながら、ひとりの男がシベリアの地で体験したことと、かれが日本に帰還してからのことについての手記を思い出していました。

かれは詩人でした。

しずかな肩には
声だけがならぶのでない
声よりも近く

敵がならぶのだ
勇敢な男たちが目指す位置は
その右でも　おそらく
そのひだりでもない
無防備の空がついに撓《たわ》み
正午の弓となる位置で
君は呼吸し
かつ挨拶せよ
君の位置からの　それが
最もすぐれた姿勢である

（『サンチョ・パンサの帰郷』から「位置」の全文）

まだ二十歳の頃だったと思います。わたしは、その詩人の詩集『日常への強制』を渋谷の宮益坂にある古書店で手に入れました。中村屋という古書店で、詩の本がたくさん並べられている珍しい店でした。詩集が並んでいるコーナーに、段ボールのケースに収まっている、黒い表紙の詩集がありました。正確には、詩と評論が一冊にまとめられた自作のアンソロジーのような本でした。詩は『サンチョ・パンサの帰郷』と『いちまいの上衣のうた』という、ふたつの詩集から抜粋されていました。その本を、パラパラとめくっているうちに、ここには何か大変なことが書かれていると直観しました。

家に戻り、最初のページから、じっくりと読み進めていくうちに、わたしは、言葉にはできない種類の深い衝撃を受けました。

この本に収められている詩の言葉には何ひとつ不明なものがありません。日常的な言葉が並んでいるだけです。

にもかかわらず、この詩人の詩は、どれもこれもとてつもなく難解でした。

ひとつには、あまりに抽象度が高くて、かれの詩を理解するには、行間にどれほどの説明文を放り込めばよいのかと思うほどに、散文的な言葉の一切がそぎ落とされていたからです。

削り取られ、もうこれ以上は削ることのできないような石のような言葉です。

もうひとつの理由は、この詩人の出自についてわたしは何の知識も持っていなかったということがあります。

もちろん、詩作品は、その作品自体で完結しており、作者の来歴や性格といったものは場合によっては読解の邪魔になるものです。

それでもわたしは、この詩人が過剰なほどに、自己を言葉の背後に隠蔽しているような印象を受けたのです。ありていに言えば、読者は突き放されているわけです。

何故、ここまで自分を隠さなければならないのか。

何故、この詩集が「サンチョ・パンサの帰郷」と題されているのか。

何故、「位置」という作品をその冒頭に持ってきているのか。

よくわからないままに読み進めていったのですが、次第にこの詩人の独特の語法が何処から来ているのかが見えてくるようになりました。

わたしが読んでいたのは昭和四十五年に発行され、翌年第二刷版となった構造社の本でしたが、最後のパートに「三つのあとがき」という奇妙な文章が挟まれており、その先には四つに章分けされた評論が続いていました。

そこまで読み進めて、漸くわたしにも、この詩人が試みていることが何であるのかが少しずつ理解できるようになったのです。

音楽家である武満徹《たけみつとおる》には、『音、沈黙と測《わか》りあえるほどに』という名著がありますが、この詩人が試みなければならなかったのは、まさに沈黙と測り合えるほどの言葉を紡ぐということでした。

そして、誰にでもわかる平易な言葉によって、しかし容易な理解を拒絶する抽象的な構築物を作り出すこの詩人の語法にわたしは、すっかり打ちのめされてしまったのです。

埋めがたい断絶の前で言葉は

何故、かれはこのような語法を選んだのか、その理由は同書の最後の部分に収められた「肉親へあてた手紙」の中で明らかにされます。

この書簡は、公表を意図して綴られたものではありません。著者によれば、「たまたまノートの中に写し取ってあったものを、ノートとともに公表された」ものです。

この書簡は、シベリアから帰還した著者と肉親との間に起きた、「墳墓」と「儀式」に関するいざこざに対しての、著者からの最初で最後の回答であり、一種の絶縁状のような形式になっています。

書簡の中に、何度でも嚙みしめたいような印象的な言葉があります。

どうぞ、ここにのべた内容の中で理解できるものは理解し、理解の困難なものは、そのままのかたちにしておいて下さい。自分の理解の領域にないものを、ただちに許すべからざる異質なものとして拒むという態度をおとりにならないで下さい。

「理解できるものは理解し、理解の困難なものは、そのままのかたちに」という言葉の中には、このひとの深い絶望を感じます。いったい、このシベリア帰還兵に何が起き、手紙には何が書かれていたのでしょうか。

戦後の敗戦処理の中で、極東国際軍事裁判が行われ戦争犯罪人が特定されたことは誰でもが知っている事実ですが、このとき「闇取引」的な戦犯引き渡しが行われていたことはあまり知られてはいませんでした。しかし、実際には、中央アジア軍管区司令部付の軍法会議において、多くの人間がシベリアでの重労働を課せられることになったのです。極東国際軍事裁判における戦犯は囚人として人間らしい扱いを受けたのに対して、「闇取引」において戦犯とされた者たちは、誰にも知られぬままに、最も過酷で、非人間的な扱いを受けることになります。

詩人は、書いています。

「ソ連の囚人たちの間では、隠語で「屠殺場」と呼ばれている最低の流刑地が二つあります。ひとつはカムチャッカの北西から北極海に至るコルイマ地帯、もうひとつはバイカル湖の西側、アンガラ河に沿う無人の密林地帯で「バム」と呼ばれています」

詩人は、そのバムへ送られ、生死をさまようような重労働と、過酷な環境の中を生き抜き、スターリンが死んでからの最初の特赦で、かろうじて日本へと帰還する船に乗ることになります。

この間の過酷な体験について、自分は「犯罪者」ではないが、いずれは誰かが背負わされる順番になっていた「戦争の責任」を、ともかくも自分が背負ったのだと思おうとします。

この過酷な状況の中で、自分の責任ではないものを、自分の責任として引き受けるということ。

それが、この詩人が自分の位置を納得する唯一の方法だったのかもしれません。おそらくは、戦時中に偉そうにしていた指導的な立場にあった軍人たちのポジションから最も遠いところに、自分の位置を定めたということです。いや、そうでも考えなければ、シベリア抑留という、どう考えても不条理な体験について、いかなる納得もすることができないはずです。

実際、現地で共に重労働を行った囚人たちのうち、自ら身体を傷つけ、自ら死を選び、あるいは精神に変調をきたすものは数知れなかったのです。

そのような想像を絶する体験を潜り抜けて帰還した著者は、「よくぞ帰った」「ごくろうさん」という言葉を期待しながら、先祖の墓のある伊豆へと戻ります。

しかし、そこで待っていた肉親が発した言葉は意外なものでした。

肉親のひとりが、居ずまいをただし、かれが何も言葉を発しないうちに、こう言います。

1・著者が「赤」でないことをはっきりさせて欲しい。「赤」ならこの先、付き合えない。

2・身寄りのないお前の親代わりにはなれるが、それはあくまで精神的なものだ。

3・祖先の供養をしなければならない。


こういう言葉をかれに突き付けたのです。

そして、これは、ひとりこの詩人だけの体験ではありませんでした。

シベリア帰りは「赤」だという風評は、日本中のどこにでもあったようです。「赤」、すなわちロシア共産主義の洗礼を受けた危険人物ということで、職を解かれたり、親戚から縁切りされたり、村人から白い目で見られたりしたわけです。

戦後のシベリア帰還者は、敗戦、シベリアでの過酷な労働、帰還後の危険人物扱いと、三度にわたって人間性を踏みにじられるような体験をしてきたことになります。

このときの著者の絶望感は、戦争を知らないわたしにも、よくわかります。そして、その後、著者は言葉の少ない、陰鬱な人間（外見からは、という留保をつけてもよいですが）になるのです。

絶望が紡ぎだす言葉

ここまできて、わたしたちは、この詩人が何故、言葉の少ない、いわば「沈黙の語法」というものを選択したのかがわかるように思えます。

この詩人の体験の中に、人間の社会が当然付与されるべき条理の欠片《かけら》も見当たりません。

それでも、かれは自分を納得させ、生きていくことを選び取ります。

『サンチョ・パンサの帰郷』の中に、「納得」という詩があります。

この詩人の体験を知ってから読めば、ひとつひとつの言葉の背後に、どれほどの言葉にならなかった想いが込められているのかが、感じられるはずです。

わかったな　それが
納得したということだ
旗のようなもので

あるかもしれぬ
おしつめた息のようなもので
あるかもしれぬ
旗のようなものであるとき
商人は風と
峻別されるだろう
おしつめた
息のようなものであるときは
ききとりうるかぎりの
小さな声を待てばいいのだ

（『サンチョ・パンサの帰郷』より「納得」の部分）

この詩は、誰かに宛てたというよりは、自分自身へ向けて書いたものでしょう。かれの詩が、いつも容易に読解されるのを拒否するような印象を与えるのは、ひとつひとつの言葉が、誰かに宛てたのではなく、自分自身に宛てて発せられているという理由によるのではないでしょうか。

もちろん、ひとつの作品を、ただ自分自身に向けてだけ書くということはあり得ないことだろうと思います。ただ、何度も応答を期待して語りかけては、跳ね返され、はぐらかされ、無視され、誤解される経験を積み重ねるうちに、容易に理解されるということに対して、深い懐疑を身に付けてしまったひとりの人間を想像することはできます。


もしも、そのような読解が許されるのならば、この詩人の作品の中にある、ぶっきらぼうともいえる、説明不足の、それでいて誰も受け止めることを拒否できないような言葉にも得心がいくように思えるのです。

この詩人、つまり石原吉郎は一九六四年、『サンチョ・パンサの帰郷』によって第十四回H氏賞を受賞します。

そしてその十三年後に、埼玉県にある公営住宅の浴槽で倒れます。

石原吉郎という詩人は、スターリン・ラーゲリでの抑留体験がなければ生まれなかったでしょう。そういう意味では、幸福な詩人ではなかったように思えます。

石原吉郎には、どうしても伝えておきたいことがあった。いや、自分に対してどうしても納得できるような言葉を残しておく必要があった。

しかし、日本の詩の歴史の中の、どこにもそのような言葉を発見することはできなかったのかもしれません。

自分の一番深い部分に届くような言葉とはどのようなものなのか。

それを掘り出すことができなければ、これほどの断絶を越えて、相手に届いていく言葉を紡ぎだすことはできないという思いを噛みながら、詩を書いていた。

そういうことではないかと、思います。

愚かであることを愛おしく思うということ

——向田邦子に寄せて

価値あることと無駄なこと

いっとき、わたしは、隅田川沿いにある情報関係の会社に籍を置いていました。大手建設会社の情報部門を独立させた会社で、オフィスは、隅田川沿いの、周囲の景観にはちょっと不釣り合いな高層ビルの中にありました。いくつもの机やコンピューターが整然と並んでいる、典型的なオフィスに、担当部門の役員として週数回ほど通っていたのです。

自分で作った会社以外で、会社勤めをしたことのないわたしには、決まった時間に出社し、会議を行い、仕事仲間と苦楽を共にするのは新鮮な体験でした。

サラリーマンがどのようなことを考えて、毎日仕事をしているのか、どんな苦労や喜びがあるのか、テレビドラマや映画でしか知らなかったサラリーマンの生態を、実際に自分もサラリーマンとしてかれらと触れ合うことで、少しは理解することができたように思えます。

目標に向かって仕事に励むグループの一員として、共に悔しがり、共に喜ぶ。ときには、上役に対する不満を肴に酒を酌み交わすこともありました。

部門別のゴルフコンペに参加したり、カラオケボックスで大声で歌うという経験も、それまではしたことがなかったのです。

わたしは、いくつかの新規事業を立ち上げるプロジェクトを統括する役目を負っており、事業を何とか軌道に乗せようと、地べたを這い回るようなこともしたのですが、結局のところ在任中には芳しい業績を上げることはできませんでした。

どんなに努力をしても、なかなか報われないということがあるというのは、サラリーマンなら誰でも知っていることなのでしょうが、無駄な努力を重ねることにもなにがしかの意味はあるということを知るのは、ずっと後になってからなのでしょう。

人間の行為の中で、何が無駄で、何が意味のあるものなのか、それを決定するためには、時間というものが大きな決め手になるように思えます。

会社の中の時間は、人生の時間に比べれば、あまりに短いものでしかありません。この言い方は正確ではありませんね。

会社の中に流れている時間は、いつも効率や結果に支配されて驚くほど速く過ぎ去るということです。

会社勤めが終わり、爾後《じご》の人生も終盤にさしかかってくれば、これまで価値があると思っていたことが取るに足りないことに変じたり、これまで無駄だと思っていたことが思いのほか大切なことであったと気付くようなことがあるものです。

オフィスは禁煙でした。

最近は喫煙可のオフィスなどほとんど見ませんね。この会社には、かなり広い喫煙室が設けられており、その部屋で顔見知りになった社員とよくお喋りをしたものです。わたしがその会社を辞した翌年には、喫煙者の最後の砦である喫煙室もなくなりました。

あの場所で仲間になった社員たちはどうしているのかと、少し気の毒になります。十三階のオフィスの喫煙室の窓から目に飛び込んできた東京の眺めは、今でもたびたび思い出します。

あの頃、母親が病に伏して、わたしは、これから実家に戻って介護生活に入るべきか、それとも施設を探すべきか迷っていました。

オフィスのある場所は、当時両親が住んでいた場所と、かれらが生まれ育った埼玉県の村を結んでいる高速道路の途中に位置していました。

母親が亡くなった後、同じ高速道路を車を走らせて、オフィスを過ぎて、田舎の墓地まで通うことになるとは、このときは思ってもいなかったのです。

十三階という高さの部屋からは、窓を通して曇天の東京が一望に見渡せます。晴れた日には富士山まで見渡せるのですが、だいたいは薄幕が下りたようにぼやけた景色が広がっていました。

わたしのよく知っている大田区や品川区といった、住宅と町工場が密集している南東京の風景と、このあたりの風景は随分違っていました。

ビルの間をうねるように流れる大川と、その周囲に広がる清々しい緑の川辺の風景があるからかもしれません。

空が広いのです。

川辺のグラウンドで、野球に興じているひとびとの歓声が聞こえるような気がします。

実際には、ビルの窓から見下ろしているわけなので、外の音は何も聞こえてはこないのですが、何年か経て記憶を再編集してみれば、そこにはひとびとの微かな歓声が響いているのです。記憶とは不思議なものです。

眼下には、白鬚橋が架かり、ときおり橋の下を、澪《みお》を引いて運搬船が潜り抜けて行くのが見えました。

橋の向こうに大きなガスタンクが三基並んでいて、建築中の高層ビルの屋上には、クレーンが巨大生物の触覚のように、虚空に突き出していました。

明治通りを西に進めば、泪橋《なみだばし》。山谷《さんや》です。

さらに南西には、吉原大門。

歴史に名を残しているこれらの地名をなぞるだけで、感じるものがありました。

スカイツリーは、まだ半分もできておらず、爆撃を受けた鉄塔のように、途中で鉄骨を露出させていました。

「これからどうしようか……」

母親の介護のことを想いながら、わたしは広い空を見上げたものです。

年をとるほど愛しく思えるもの

ある朝、テレビを観ていたら、落語家の柳家花緑《やなぎやかろく》が、向田邦子について講談風に語っている場面に出くわしました。十三階の窓から見たのと同じ曇天の東京の空の下に、彼女は苦悶の日々を送っていました。向田邦子が、「銀座百点」にエッセイを書きはじめたのは、恋人を突然の死が連れ去り、自らも乳がんとの闘病という試練を経た後でした。このとき、彼女は四十六歳。乳がんのときの輸血がもとで、肝炎を患い右手が不自由になっていたのです。だから、「銀座百点」には、エッセイを左手で書いて送っていました。このときのエッセイが評判になり、脚本家向田邦子は、作家向田邦子になったのです。

向田の作品には、食卓の詳細な描写があります。そして何を食べているか、何を着ているか、どんな部屋に住んでいるかといった、生活の微細なところを丹念に見つめることから小説の世界を作り出していきました。その向田は、「年をとるほど、計画性がなく、愚かな人間が愛おしく思える」と語りました。

計画性がなく、愚かであることを愛せなければひとは作家にはなれない。向田邦子の述懐は、そう言いたいようにも聞こえます。

人生のマイナス部分に意味を与えることのできる、稀有《けう》な作家のひとりであったのは、彼女自身の人生が、マイナスのカードを集めるトランプゲームのように、不幸と不運の縒り糸のようなものだったからかもしれません。

作家生活絶頂ともいえるときに、取材旅行中のボーイングが墜落して、彼女は五十一年の短い生涯を閉じました。唐突で、あっけない幕切れでした。

脚本家、作家、エッセイスト、詩人。ありあまる才能に恵まれたのですが、いや、それゆえに、彼女はいばらの人生を歩むことになったのかもしれません。確かに、短すぎる生涯ではありましたが、愚かさとはほど遠い人生でした。

そのテレビ放送があって、わたしの母はほどなくして子宮頸がんで亡くなりました。「どうしようか」と十三階の窓で思い悩んでぐずぐずしているうちに、母親のほうは先に逝ってしまったのです。

母親の生涯を想うとき、向田が描き出したとおりの、計画性のない、愚かな、人生という言葉が浮かびます。

そして、わたしは、向田が言った「年をとるほど、計画性が無く、愚かな人間が愛おしく思える」という言葉に深い共感を覚えるのです。

作家にとって、「計画性があって、かしこい人間」は愛おしさの対象にはなりません。

わたしたちの世代の人間は、誰もが計画を立てなさい、目標を持ちなさい、かしこい行動をとりなさいと教えられながら大人になりました。

それでも、人間はどこかで計画性のない愚かさの中で生きている。

母親の世代はどうだったのでしょうか。

たぶん、計画性とか、目標とかいった言葉よりは、もっと控えめで、具体的な生活態度を戒める言葉に囲まれて育ったように思います。

かしこくあることよりは、ひとさまから可愛がられる存在であることが求められていたということかもしれません。

わたしの母親の場合には、誰よりも早起きをして、庭の掃除をし、飯を炊き、男たちを送り出す役割に徹して、それ以外の楽しみは、夢の時間としてとっておくといった態度でした。彼女の遺品を整理していたら、晩年始めた習字の作品や、刺繍作品や、日本舞踊の道具が出てきました。

計画的に生きるなんぞは、贅沢だと思っていたのかもしれません。いや、それが何を意味するのかも知らなかったというべきでしょう。

向田邦子の言葉を読んだとき、わたしはセザンヌが語ったこんな言葉を思い出しました。

わたしはときどき散歩に出たり、市場へじゃがいもを売りにいく小作人の二輪馬車の後からついて行ったことがある。彼は、サント・ヴィクトワールを一度も見たことがなかった。彼らは、あっちこっち、道に沿って何が植わっているか、また、明日はどんな天気か、またサント・ヴィクトワールに冠がかかっているかどうか、などは知っている。犬猫のように、彼らは自分たちの必要にだけ応じてか

ぎつける。[※5]

（中略）

ある種の黄色を前にして、あの人たちは自発的に、そろそろ始めなければならない刈り入れの仕草を感じとるのだ。[※6]

画家であるセザンヌが、同郷の詩人であるジョワシャン・ガスケに語った言葉です。

なぜ、こんな文章を思い出したのかといえば、わたしが三十歳になる少し前に書いた、セザンヌ論の中で、この文章を引用していたからです。

もう、忘れていた言葉だったのですが、ふたつのまったく無関係な場所で発せられた言葉が、母親の死を触媒にして、共鳴し合ったのです。

「彼らは自分たちの必要にだけ応じてかぎつける」とセザンヌは語りました。

この小作人たちの生活態度を見て、セザンヌは絵画もこのようなものでなければならぬと感じます。

あるいは、小作人たちにとっての「ある種の黄色」が、自分の描くキャンバスにも描かれていなければならないと考えたのです。
それはまた、向田が脚本を書いたテレビドラマの食卓に並べられた料理も、緻密な計画に基づいたレシピから作られたものではなく、愚かで計画性はないが、愛すべきひとびとがこしらえたものと同じでなければならないと信じたことに通じるものです。

向田邦子も、セザンヌも、剰余のない生活というもの、つまりは庶民というものを発見したのかもしれません。

わたしは、この自分が関わったエピソードから、何か教訓的なものを引き出したいわけではありません。

向田が「年をとるほど愛おしく思える」対象に対して、わたしもまた同じように感じるようになったということだけを伝えたかったのです。

セザンヌが語った小作人たちも、現実には意地悪く、計算高く、ときには自堕落で因業なひとびとであったかもしれません。

それは、向田邦子が観察した「計画性のない愚かなひとびと」もまた、現実には存在していない理想化された庶民の姿なのかもしれません。

ただ、かれらの発した言葉には、どこか救済の響きがあるのです。

「それでいいよ」

向田はそう言っているように思います。

起承もなければ転結もない、偶然にはじまって唐突に終わる些事の繰り返しのような人生を愛することができるようになるためには、一生分の人生の体験の蓄積が必要だということです。

生まれてから死ぬまでの時間
——或る「自己責任」論

存外、ひとは自分のために生きてはいない

父親の介護を経験して学んだことのひとつは、人間は自分で思うほど自分のために生きているわけではないということでした。

わたしは二年間の介護の間、毎朝、毎晩料理を作り続けたわけですが、父親が亡くなると、もはや料理をするということはほとんどなくなってしまったのです。

その理由は自分でも驚くほど単純なものです。

わたしが、料理を作ったのは、わたしがそれをしなければ、父親が飢えてしまうと

いうこともあったのですが、それ以上にわたしのモチベーションを支えたのは、父親が毎日わたしの料理を待っていてくれるということでした。

待たれているということが、これほどまでに人間を抑制的にし、義務感をもたらし、規則正しい生活に引き込むなどとは想像すらしていないことでしたので、自分でも驚いてしまったのです。

誰だって、自分のためになんか料理を作らない。これが、わたしが介護の経験から学んだことであり、ひとは自分が思っているほど、自分のために生きているわけではないということを知る契機になったわけです。

その途端、自己決定、自己責任、自己実現という当今隆盛の言葉が色褪せていくのを感じました。いや、実のところ、これはまやかしなのだと思ったのです。

誰かが、何かのために、このような言葉をあたかも普遍的な価値であるかのように言いふらしてきたわけです。

もちろん、それを言いふらした人間もまた、自分のためにそうしたわけではないのかもしれません。ただし、この場合には、身近にいる、待っている誰かのために言ったのではないことは明白です。

利益を共にするサークルの中に、こういう言葉を喜ぶ仲間がいたのかもしれません。

それをイデオロギーと言ってもよいと思いますが、このような価値観は普遍的でも何でもない党派的な言葉だというべきでしょう。全体主義とか、封建主義といった前近代的なイデオロギーの中では、それらに対抗する思想として、個人というものを上位の概念として打ち立てる必要があったということかもしれません。

今では、もっぱら新自由主義的な経済を推し進めたい人々によって、自己責任論が振りかざされます。社会のリソースが限られている状況の中で、その恩恵を受けるも受けないも自己の責任の範疇で処理されるべきもので、国家がこれを再配分するというのは人間を甘えさせるだけだというわけです。貧しいのなら懸命に働けばよい。働かざる者は食うべからず。自己の責任を他者のせいにするな。

このような考え方の根底には、ひとはひとりで生まれ、ひとりで死んでいくものであるという諦念があるのかもしれません。

わたしの中にも、このような考え方は根深く存在していますし、そこには幾分かの正しさが含まれているとも感じます。

生も死も、過去と未来に繋がっている

しかし、介護の体験以後、このような考え方が一種のポジショントーク（自分の利益のための語り口）であり、党派的な物言いに過ぎないと思うようになりました。

唐突ですが、わたしは、自己責任論が支配する世の中においては、ひとは極端に死を怖《おそ》れるようになると考えています。だから、不老不死、あるいは災厄からひとりだけでも逃れられるようにするために防御的になり、お金の力に頼るようになる。

それというのも、介護の経験を経てもう一つ学んだのは、生きている時間とは連綿とした生き死に連鎖の中の結節点のようなものだと思えるようになったからです。結節点と言ってもよいし、文様と言ってもよいのですが、そういったものが相互に連なり合って、はじめて人間の歴史があるということです。わたしたちは、単に同じ時代の他者とだけかかわりを持っているわけではありません。

わたしたちはすでに亡くなった者たちや、これから生まれてくる者たちとの関わりの中で生きています。

そう思えるようになれば、わたしは、わたしの前の世代と、続く次の世代を繋ぐバトンランナーのような存在であり、個人の生き死にという時間の中だけで完結しているわけではないことが実感できます。

もちろん、これで死の恐怖が完全になくなったわけではありませんし、相変わらず自分の欲得からは自由になれるわけでもないのですが、少なくとも以前よりは死というものに対する怖れは希薄になったとは言えると思います。

もしも、ひとりの人間の生というものが、ひとりの個体の中での始まりと終わりの出来事であるとするならば、生きている数十年が終わればすべてが終わってしまうわけであり、わたしがいなくなってからの人間の歴史は、関与することも関与されることもない無意味な世界になってしまいます。まさに無縁の世界ですね。

死の恐怖の一端は、この絶対的な孤独、自分がいない世界の無意味性からくるのかもしれません。

呪術的な古代社会から現代に至るまで、ご先祖を祀るという習俗が見られるのも、先祖とどこかでつながりを持ち続けていることを実感することで、現世的な死の恐怖から逃れることができると考えたのかもしれません。

そもそも、わたしたち人間は、自らの意思で生まれてきたわけではないわけです。何者かによって、この世に生まれさせられてきたのであり、この受身形としての生を能動的なものにすること、別の言い方をするなら偶然を必然にすることが生きるということの意味なのだと考えるようになりました。

この連載では、わたしが気にかかっている現代詩のいくつかのフレーズを読み解いてきたのですが、今回は是非ともひとつの詩の全文をご紹介したく思います。現代詩の読者にとってはあまりにも有名であるこの作品を持ち出すのは、少しばかり気が引けるのですが、そもそも現代詩の読者は多くはないと思いますのであえて、ご紹介したいと思います。

結婚式などでは定番になっている『祝婚歌』の作者でもある、吉野弘の作品です。

確か　英語を習い始めて間もない頃だ。

或る夏の宵。父と一緒に寺の境内を歩いてゆくと、青い夕靄《ゆうもや》の奥から浮き出るように、白い女がこちらへやってくる。物憂げに　ゆっくりと。

女は身重らしかった。父に気兼ねをしながらも僕は女の腹から眼を離さなかった。頭を下にした胎児の　柔軟なうごめきを　腹のあたりに連想し　それがやがて　世に生まれ出ることの不思議に打たれていた。

女はゆき過ぎた。

少年の思いは飛躍しやすい。その時　僕は〈生まれる〉ということが　まさしく〈受身〉である訳を　ふと諒解した。僕は興奮して父に話しかけた。

――やっぱり　I was born なんだね――

父は怪訝（けげん）そうに僕の顔をのぞきこんだ。僕は繰り返した。

――I was born さ。受身形だよ。正しく言うと人間は生まれさせられるんだ。自分の意志ではないんだね――

その時　どんな驚きで　父は息子の言葉を聞いたか。僕の表情が単に無邪気としてて父の顔にうつり得たか。それを察するには　僕はまだ余りに幼なかった。僕にとってはこの事は文法上の単純な発見に過ぎなかったのだから。

父は無言で暫く歩いた後、思いがけない話をした。

—蜻蛉《かげろう》と言う虫はね。生まれてから二、三日で死ぬんだそうだが　それなら一体　何の為に世の中へ出てくるのかと　そんな事がひどく気になった頃があってね—

僕は父を見た。父は続けた。

—友人にその話をしたら　或日　これが蜻蛉《かげろう》の雌だといって拡大鏡で見せてくれた。説明によると　口は全く退化していて食物を摂るに適しない。胃の腑を開いても　入っているのは空気ばかり。見ると　その通りなんだ。ところが　卵だけは腹の中にぎっしり充満していて　ほっそりした胸の方にまで及んでいる。それはまるで　目まぐるしく繰り返される生き死にの悲しみが　咽喉もとまで　こみあげてるように見えるのだ。淋しい　光りの粒々だったね。私が友人の方を振り向いて　〈卵〉というと　彼も肯いて答えた。〈せつなげだね〉。そんなことがあってから間もなくのことだったんだよ。お母さんがお前を生み落としてすぐに死なれたのは　――。

父の話のそれからあとは　もう覚えていない。ただひとつ痛みのように切なく僕の脳裡に灼きついたものだった。

――　ほっそりした母の　胸の方まで　息苦しくふさいでいた白い僕の肉体　――。

（『I was born』吉野弘）

優れた現代詩人であるとともに、最良の解説者でもある清岡卓行は、「詩人の少年の日の、生と死に関わる内部矛盾の瞬間的解消」と評しています。内部矛盾とは、死を受け身だと感じていた少年が、生まれないことの幸福を思う死への傾斜と、「卵」に象徴される盲目的な生への欲望という矛盾した思いが詩の中でひとつのこととして描き出されているという意味です。

確かに、人間は誰も、自分の意志で生まれてくるわけではありません。成長する段階で、自分以外のなにものかの力によって、あるいは何かの偶然によって、あるいは自然の営みのひとつのあらわれとして、自分というものが今ここにあるのだということを忘れてしまいます。

自己責任などと言いますが、誰も自分が今ここにあるということに関して、いかなる責任もないのです。そんなものはあるはずはありません。

それでも、もし自分が生まれて今ここにあることに責任があるとすれば、それはこの詩が暗示しているように、自分を生んで死んでいったものが確かにいたということに対する責任であり、そこに、おそらくは、ひとつの贈与に対する返礼の義務のようなものが立ち上がってくるということだと思います。

ひとが生まれて死ぬまでの時間は、ひとつの個体の消長としてそれを眺めてみれば、それほど長いものではありません。

もし、人間の歴史からみれば一瞬に過ぎない個体の生きている時間の意味とは、贈与したものである祖先と、返礼する対象である子孫との間を繋ぐという役割の中にある。それを自覚できたときに、偶然に過ぎない、責任のない、生まれてここにあるということが、必然に変わります。

吉野弘のこの詩を初めて読んだとき、わたしは大きな衝撃を受けました。「蜻蛉と言う虫はね。生まれてから二、三日で死ぬんだそうだが それなら一体 何の為に世の中へ出てくるのか」というところで、思わず息をのんだのを覚えています。

でも、この問いは、たとえ「二、三日」が「八十年」に置き換わっても同じ効力を持っています。

わたしが、このことに気付くためには、自分が年齢を重ねて、還暦を過ぎて、そして死が身近なものになるまでの時間が必要でした。

憎しみの場所、悔恨の時間

――電車の中吊り広告を見て思うこと

ヘイトスピーチの正体

最近電車に乗っていて、週刊誌の中吊り広告を見ていると、げんなりとしてしまうことがあります。中国や韓国に対して、悪意に満ちた、扇情的な言葉が並んでいます。

いったい、いつからこんな排外主義的な記事が、週刊誌に頻繁に登場するようになったのでしょうか。

二〇〇七年に発足した、在日特権を許さない市民の会（略称、在特会）は、在日韓国人、朝鮮人が様々な特権を付与されており、これを撤廃すべきであるというデモを街頭で繰り返し、話題になりました。在日韓国人、朝鮮人の経済的特権がいかなるものであるかについて、わたしは不案内なのですが、おそらくは日本政府が戦中の歴史的な経緯を考慮してかれらに与えているアファーマティブ・アクション（弱者への優遇措置）としての福祉給付や優遇税制などに対して、これが不当であり、日本の貧困層に対しての逆差別にあたると主張しているようです。

在特会の主張は、サンフランシスコ平和条約にまで遡る、戦後処理の正当性を問う政治的なものであり、その意味ではイデオロギー的なものなのでしょうが、実際のデモを見ていると、そういったイデオロギー的な主張以上に、排外主義的な感情が強く前面に押し出され、それがいわゆるヘイトスピーチになってあらわれているように見えます。

わたしは、在特会のような政治的な団体が存在すること自体を否定するつもりはありません。かれらのような主張も、あり得るひとつの主張として耳を傾けたいとも思っています。

ただし、その主張は、戦後処理に関しての日本の政治的立ち位置に関するものであり、もし現在の在日韓国人・朝鮮人に対する行政的な処置に関して批判があるとすれば、その矛先はあくまでも日本の政治的立ち位置を定めた当事者である政治家に向けられるべきであり、在日韓国人、朝鮮人に向けられるべきものではないと考えています。

それゆえ、当今、週刊誌に躍る排外主義的な記事、キャンペーンにも、ヘイトスピーチに対しても、いかなるシンパシーも持ち合わせず、ただげんなりとするほかはないのです。

それでも、いつの時代においても、筋違いな排外主義感情を持つ人間が一定数いるということは否定できないとしても、その感情にシンパシーを寄せる者が最近とみに増殖しているように思えるのです。

週刊誌が、扇情的な見出しで排外主義的な記事を書くのも、それが売れるからであって、ひとりひとりの記者に対して問うてみれば(もちろんわたしが実際に出会った記者たちに限定されるわけですが)売れるから仕方なくという答えしか返ってこないのです。

グローバリズムが拡散した自己責任

では、何故それが売れるのかが問題です。

それは単に、排外主義的な人間が増えているからでは済まない大きな問題が横たわっているように思えるのです。

先日、拙著『グローバリズムという病』について話をしてくれということで、ラジオに呼ばれ、パーソナリティーの大竹まことさんとお話をしていたときに、自分でも今まで気が付かないでいたことに気が付いて、ハッとしたことがありました。

グローバリズムというのは、主として資本家による経済成長確保のための戦略であり、イデオロギーであるというのがわたしの見立てなのですが、平たく言えば世界をひとつの市場にして、ひとつの市場原理によって経済運営しようというものです。

そうするとこれまで、国民国家という枠を作り、その枠の中ごとの言語、文化、政治システム、経済システムを尊重し、それぞれの国民国家はお互いに内政不干渉でやっていきましょうという国民国家のアイデアと正面からぶつかってしまいます。実際にグローバル化している現在とは、国民国家の価値観が揺れ動いている時代だろうと思います。

しかし、ここでひとつの問題がクローズアップされてきました。グローバル化が進めば進むほど、国民国家内にナショナリズムが台頭してきており、いくつかの国家に極右政権が誕生したり、あるいは極右政党が勢力を伸ばしているということです。

わたしは、日本における最近の右傾化傾向、排外主義の台頭もこの流れの中で起きているのではないかと見ています。いや、そのように考えないと、二〇〇〇年以降唐突に排外主義的な傾向が生まれてきたことをうまく理解できないのです。

もし、これが世界的な傾向であるとするならば、おそらくはグローバリゼーションと、ナショナリズムはひとつの問題の表裏の現象であるというように理解することができます。

グローバリズムが拡散させたものは、自己決定、自己責任、自己実現という、誰にも頼らず誰にも責任を転嫁せず、誰の世話にもならずに自分の力で生きろという不思議な価値観です。そうすることで、個人は自由を獲得できるということなのかもしれませんが、およそどんな生物も、単独で生きているわけではなく、どこかで頼り合い、どこかで奪い合い、どこかで生きやすさ、生存の可能性を探り合い、やりくりしながら、他者との折り合いを付けています。

この折り合いの付け方、やりくりの仕方、摺り合せの方法を、生物は、それぞれのやり方を探りながら、環境適応してきました。あるいは、環境適応し得た生物が生き残ってこれたわけです。

場所的な棲み分けもそのひとつで、同じ餌を食する近隣生物は場所を棲み分けることで、果てしない餌の争奪、殲滅《せんめつ》戦を避けてきたわけです。これがエコロジカルニッチであり、国民国家の構想もまた、エコロジカルニッチと相似的な棲み分けであると考えられます。

もし、世界をひとつの市場、ひとつの言語、ひとつの物差しだけの空間にすれば、その空間においては、それまで棲み分けを可能にしてきた境界が取り払われ、生存の条件である食料や、エネルギーをめぐって近隣の異種が奪い合いの闘争をはじめることになります。

ナショナリズム（国家主義）は、エコロジカルニッチが働いているところでは起こりようがないのです。気分としてのナショナリズムは、郷土愛、地元愛といった自らの棲み分け空間への愛着であるパトリオティズム（愛国心）とは違い、もっぱら他者を選別し、異種を排斥するための差別指標を作り出すという形で芽生えてきます。

それはいくつかの生簀《いけす》で平和に過ごしていた同じ餌を食む異種が、ひとつの生簀に放り込まれた場合に、異種を排斥し合う行動に出ることに似ています。

わたしは、日々、電車の中吊り広告に躍っている中国人、韓国人に対する攻撃的で扇情的な雑言を目にし、エコロジカルニッチが消滅した結果、同じ餌をめぐって角付き合わせるようになっている悲しき小動物を見ているような気持ちになったものです。

ああ、今日も餃子を食べたい気持ちだ

排外主義的な言葉を発しているひとびとを見ていて、いつも思い出す詩があります。岩田宏《いわたひろし》という詩人の、「住所とギョウザ」という詩です。

ここに出てくる住所は、わたしの実家の隣町で、何度もそのあたりを歩いたなじみ深い場所でもあります。この詩で描かれた風景もまた、わたしにとっては昨日のことのように思い出されるなじみ深いものなのです。
先ほどに続いて、この詩も全文ご紹介したいと思います。

住所とギョウザ

大森区馬込町東四ノ三〇
大森区馬込町東四ノ三〇
二度でも三度でも
腕章はめたおとなに答えた
迷子のおれ
ちっちゃなつぶ
夕日が消える少し前に
坂の下からななめに
リイ君がのぼってきた
おれは上から降りていった

ほそい目で
はずかしそうに笑うから
おれはリイ君が好きだった
リイ君おれが好きだったか
夕日が消えたたそがれのなかで
おれたちは風や紙風船や
雪のふらない南洋のはなしした
そしたらみんなが走ってきて
綿あめのように集まって
飛行機みたいにみんなが叫んだ　くさい
くさい　朝鮮　くさい
おれすぐリイ君から離れて
口ぱくぱくさせて叫ぶふりした　くさい
くさい　朝鮮　くさい
今それを思い出すたびに

おれは一皿五十円の
よなかのギョウザ屋に駆けこんで
なるたけいっぱいニンニク詰めてもらって
たべちまうんだ
二皿でも三皿でも
二皿でも三皿でも！

（『岩田宏詩集』から）

どうでしょうか。わたしは、週刊誌にそれがただ売れるからというだけで、排外主義的な記事を書き続けているライターたちに、この詩を何度でも読んでいただきたいと思います。

何度も何度も読んで、ご自分の気持ちを確かめていただきたいのです。それでも、排外主義的な記事を書きたいなら書けばいいと思います。

この詩が描き出した世界は、わたしが小学生のときの体験そのままであり、わたしもまた「くさい　朝鮮　くさい」と叫ぶふりをしていた子どもだったことをありありと思い出させてくれるのです。

そして、今でも、この詩を読むと、なんだか泣きたい気持ちになります。

その泣きたい気持ちは、ほとんど言葉にすることができません。

ただ、ギョウザ屋に駆け込んで、ニンニクのいっぱい詰まったギョウザをむしゃむしゃと食べることでしか、解消することができそうもありません。

聴きたい声がある
——沈黙の言葉

塵埃のごとき無数の言葉の中で

東日本大震災とそれに続く原発事故は、多くの無辜の人命を奪い、家屋を倒壊させ、広大な土地の上に営々と築かれてきた生活を破壊してしまいました。その破壊されたもののあまりの大きさに多くの日本人は言葉を失いました。

わたしも、そのひとりであり、閖上《ゆりあげ》の小さな山の上から何もなくなった、かつて栄えていた市街を眺めたときは、声も出ませんでした。

しばらくは呆然とするしかなかったし、呆然とすべきときだろうと思ったのです。

当時、作家の高村薫さんが、新聞の記事で同じことを言っており、大いに共感したのを覚えています。

わたしは、父親の介護の最中であり、ツイッターにはこの災厄の件に関するコメントはなるべく控え、日々の食事についての雑記を綴りました。

「今日は駅前のスーパーでキャベツを買う。ついでに肉屋に立ち寄って揚げたてのとんかつを買った」

「サンマを二匹。大根おろし用の大根一本」

「晴れたので、一週間分の洗濯」

こんな具合でした。

大事にあっても、些事をおろそかにせずの心境だったのです。

あのときわたしは、「言葉」のない世界の中で、日々を送っていました。

そんな「言葉」のない日々が続き、それはそれで不思議な平安の時間だったのですが、あるときを境にして、わたしは「言葉」を聴きたいと切に思うようになりました。

実際のところ、あのときも、「言葉」は溢れていました。それは今も同じです。テレビからもネットからも、「言葉」が、浮遊する塵埃や紙くずが中空に舞うごとく散乱しています。わたしは、原発事故に関しての政治家のアナウンスも、専門家と称する者たちの「解説」も信ずるに足りないと感じていました。

別に根拠があるわけではありません。ただ、「言葉」ということに関してなら、かれらの「言葉」には、何かが決定的に欠けているように思われたのです。

後にそれらの「言葉」のうちの、いくつかは正確に状況を捉えたものであることがわかりましたが、それはずっと後になってからの話です。

多くはただ国民を落ち着かせるための政治的方便であったり、イデオロギーに粉飾された宣伝文句のようなものだったり、冷静さを欠いた臆断だったりしました。

父親を介護する日々が続き、症状が悪化の一途をたどり、救急車で病院に運ばれ、あわやという時間を潜り抜けた後に、こんな時間がどこまで続いていくのかと、呆然としてしまいました。

テレビを点けると、相変わらず解決のつかない問題を前にして、さも、自信ありげに解説者が原発事故の状況と、その解決法について語っていました。そこには、何の根拠もなく、ただ、実験室の中で生起した事実を並べ、文献の中にある言葉を積み重ねているだけにしか思えませんでした。

現実の出来事は、いつも過去の出来事に似た様相をしているが、いつだって過去のものとはまったく異なる、初めて起きることであり、そのはじめての出来事の前では人間は無力なやじうまでしかないと思ってしまったのです。

そのとき、わたしは、風雪に耐え、どんな粉飾もない、石のような言葉を聴きたいと思ったのです。

わたしがそのとき直面していた介護という個人的な問題と、原発事故という社会的な問題のどちらをも貫き通すような言葉があるはずだ。

どこかに、信ずるに足る「言葉」があるはずであり、その「言葉」の持ち主たちが沈黙したまま姿を消してしまっているのではないか。

そんな感じでした。

わたしは、自分でやっているインターネットテレビの番組で、緊急特番を組みました。

一回目は、内田樹《うちだたつる》くん、中沢新一《なかざわしんいち》さんとの鼎談《ていだん》でした。

二回目は、高橋源一郎《たかはしげんいちろう》さんをお呼びしました。

三回目は、釈徹宗《しゃくてっしゅう》さん、名越康文《なこしやすふみ》さんとの鼎談。

日頃より交際があり、信頼できる作家や思想家と、震災と原発事故をめぐって、お互いに思うところを述べ合いました。

高橋さんとは対談でしたが、当初の予定ではもうおひとり呼びたいということになっていました。

高橋さんにお電話すると、「戦中派の声が聴きたいね」とおっしゃる。わたしも同じことを考えており、古井さんか、鶴見さんをお呼びできないものかと考えていたのです。

古井さんとは作家の古井由吉《ふるいよしきち》さんであり、鶴見さんとは思想家の鶴見俊輔《つるみしゅんすけ》さんのことです。何故、わたしたちがそんなことを考えていたのかといえば、戦中派こそ焦土に立って、自分の頭で考え抜いてきたひとたちだからです。

生と死、正気と狂気について考え抜いてきた戦中派の作家と、戦後民主主義の積極的な擁護者としてアクチュアルな活動を続けてきた思想家が、この問題をどう考えているのか、その肉声を聴きたかったのです。

しかし、残念ながら、おふたりともお呼びすることはかないませんでした。

わたしも、おそらくは高橋さんも、その名前を口にすることはありませんでしたが、本当は最もその声を聴きたいと思っていた人物がもうひとりいました。いや、後にひとつのニュースが配信されて以来、わたしが勝手にそう思い込んでしまっていたのかもしれません。

そのニュースとは、「御所に籠り、天皇が御祈禱されている」というものでした。シェルターへの一時避難や、京都御所への退避をすすめる侍従に、その必要はなしとおっしゃられて、某所にてひたすら御祈禱されているという内容のニュースでした。

そのニュースが、正確な御祈禱の場所を伝えていたかどうかは記憶にありません。しかし、天皇が祈禱しているというニュースには、虚を突かれる思いがしました。

なるほど天皇の仕事とはこういうことなのか。

わたしは、薄暗い部屋に端坐して、祈りを続けるひとりの老人の姿を思い浮かべていました。

言葉が禁じられた存在

あの災厄から五年が経過しました。

わたしの父親は、震災の年の暮れに、病院で息を引き取りました。その後かたづけと、相続の手続きなどで、急に多忙な日々の中に放り込まれた感じでした。それでも、介護の日々が終わったことで、幾分か吹っ切れたような気持ちになっていました。

個人として抱えていた問題は、結局のところ時間がすべてを解決してしまったかのようです。

そんな折、わたしは、友人の会社が震災後すぐにボランティアを被災地に派遣し、その後も何くれとなく被災者支援の活動を続けているのを知り、ひとつの提案をしました。

仮設住宅で暮らすひとびとに笑いを提供したいという思いで、被災地落語会をできないかというものでした。友人はすぐにその提案を受け入れてくれて、以後毎年、仮設住宅の集会場で落語会を行っています。友人の会社の人々はその落語会を主催するだけではなく、従業員総出でギョウザを焼き、参加者にふるまっています。

もちろん、現地のひとたちは大歓迎してくれるのですが、仮設のひとびとの中から、いつまでこの状態が続くのか、東京の人たちはこの現実を忘れ去ろうとしているのではないかという不安の声が聞こえてくるようになりました。

仮設も五年を経過すれば、仮設ではなくなるのです。

しかし、終《つい》の棲家であろうはずもありません。

かれらと話をしていると、忍耐の限界が近づいているのがひしひしと伝わってくるのです。

オリンピック誘致のプレゼンテーションで、日本国総理大臣安倍晋三は「汚染水による影響は福島第一原発の港湾内で完全にブロックされている。日本の食品や水の安全基準は世界でも最も厳しく、健康問題は今もこれからもまったく問題ないことを約束する」と大見得を切りました。

わたしは、驚きました。そして、怒りが込み上げてきました。

かれはどこを見て政《まつりごと》を行おうとしているのか。

それでも、オリンピックの東京招致が決まれば、この発言があらためて問題化され、検証されることはありませんでした。オリンピック招致を勝ち取るためなら、どんな虚言でも許されるといった雰囲気が日本全体を覆っていたということなんでしょうか。

テレビではオリンピックの経済効果が数百億などという言葉が流れていました。戦後最悪の災厄は、確実に風化しつつあり、アベノミクスを掲げて経済の浮揚を作り出そうとする現政権に、国民の多くは支持を与えているかのようです。

本当なのだろうか。

それでいいのだろうか。

わたしは、現在の政治状況に関して、苦い思いを噛みしめる以外に何もできないことに少し苛立っていたのだと思います。

ある朝、新聞を開くと作家の池澤夏樹さんのコラムが目に入ってきました。

いつもその「言葉」に注目し、最も信頼する書き手が何を言っているのか気になります。

一読し、わたしはあのときと同じ気持ちになりました。あのときとは、石のような、確かな言葉を聴きたいと切望した、震災直後のことです。池澤さんは、どんなことを書いたのか。

「天皇の責務は第一に神道の祭祀《さいし》であり、その次が和歌などの文化の伝承だった。国家の統治ではない。だからこそ、権力闘争の場から微妙な距離をおいて、百代を超える皇統が維持できたのだろう」

池澤さんが日本文学全集を編纂しているとの情報を耳にしていたので、最初は、ああそうか、古事記のことを書こうとしているのだなと思いながら読み進めていました。読み進めるうちに次の文章が出てきて、思わず目を瞠りました。

「日本国憲法のもとで天皇にはいかなる政治権力もない。時の政府の政策についてコメントしない。折に触れての短い「お言葉」以外には思いを公言されることはない。行政の担当者に鋭い質問を発しても、形ばかりのぬるい回答への感想は口にされない。つまり、天皇は言論という道具を奪われている」

「天皇は言論という道具を奪われている」

この言葉に虚を突かれたのです。

日本には基本的人権をあらかじめ奪われている存在がある。それが、天皇陛下である。天皇は言論という道具を奪われた存在なのだ。あらためて言われてみればそのとおりです。わたしたちは、なんとなく基本的人権はすべての人間の頭上に降り注ぐ、天賦のものだと考えていました。しかし、この天賦人権説は天皇だけには当てはまらないのです。

あのとき、つまり二〇一一年三月、わたしは天皇の声を聴いてみたいと思ったのでした。そして、天皇が御所に籠って祈禱をされているとの報に触れ、天皇の声を聴いたように思ったのでした。

「七月二十二日、今上と皇后の両陛下は宮城県登米市にある国立のハンセン病療養所『東北新生園』を訪れられた。これで全国に十四カ所ある療養所すべての元患者に会われたことになる。

六月には沖縄に行って、沈没した学童疎開船『対馬丸』の記念館を訪れられた。戦争で死んだ子供たちを弔い、今も戦争の荷を負う沖縄の人々の声を聞かれた。

昨年の十月には水俣に行って患者たちに会われている。

東日本大震災については直後から何度となく避難所を訪問して被災した人たちを慰問された。

これはどういうことだろう。我々は、史上かつて例のない新しい天皇の姿を見ているのではないだろうか」

池澤さんの書いた記事を読み進めるうちに、わたしは身体が熱くなるのを感じていました。天皇は「言葉」を禁じられた存在なのです。その「八十歳の今上と七十九歳の皇后が頻繁に、熱心に、日本国中を走り回っておられる」。

ここに、天皇の「言葉」がある。

それを池澤さんは、「訪れる先の選択にはいかなる原理があるか?」という言葉で書いていました。天皇の行動の原理。それは、天皇の行動を見ていればわかるはずだと。

老齢に達している天皇が、身体に鞭打って何かを語り続けている。語ることを禁じられた天皇が、祈禱だけは許されていたように、その行動で何かを語り続けている。その声は届く者には届けられている。

そう池澤さんは書いていました。

「今上と皇后は、自分たちは日本国憲法が決める範囲内で、徹底して弱者の傍らに身を置く、と行動を通じて表明しておられる。お二人に実権はない。いかなる行政的な指示も出されない。もちろん病気が治るわけでもない」

それでも、この天皇の行動は際立っています。安倍晋三内閣総理大臣は、四十九か国を歴訪したと新聞が報じていました。地球外交を誇っているかのようでした。しかし、最も行かなくてはいけない場所を訪問してはいませんでした。この雄弁な、いや雄弁すぎる政治家は、行動においても雄弁さを発揮しているが、天皇の行動とは比較すべくもありません。

言葉が、その最も堕落した形態と、その最も昇華した形態の両方の様相を呈しているのを同時に見ているような気持ちになりました。

それはあたかも、わたしがあのときに、テレビから流れてきた、どんな信頼もおけないと感じたような言葉の氾濫と、心の底から聴きたいと切望していた石のように確かな言葉の対比と同じ光景でした。

愛国心と自我の欲求

——国境を越えた文体

「やりくり」「折り合い」が意味するもの

国を愛するとはどういうことなのか。あるいは、どういうことでないのか。日本語は深い、どんな言語よりも美しく、機微に富んでいるといったことを言うひとがいます。そう言ってみたい気持ちは誰にでもあるのかもしれません。司馬遼太郎は、こういったお国自慢、地域自慢、自分自慢がナショナリズムというもので、あまり上等なものではないと言っています。(『「昭和」という国家』NHK出版、1999年)

これに対して、国を愛するということ、パトリオティズムの心情はもっと次元の異なるものなのだとも言っているのです。

おそらく、英語は素晴らしい、他のどんな言語よりも優越していると主張する英米人もいるでしょうし、中国語こそ世界で最も古く、格調高い言語であると胸を張る中国人もいるでしょう。フランスにも、イタリアにも、スペインにもいるナショナリストは、日本や韓国にいるナショナリストと同型の心情の持ち主だといってもよいと思います。

明治、大正の日本人について、最も深く考えてきた司馬遼太郎の言葉には、単なる文化相対主義以上の、愛国心というものに対する洞察を感じます。

自国の文化の優越性をことさらに持ち上げる者たちは、自分が愛国心の持ち主だと思っているのでしょうが、それは愛国心とは無縁の、肥大化した自我を認めてもらいたいという幼児的な欲求に過ぎないということなのです。

自分自慢の背後には、コンプレックスが隠れているはずです。自分に対する世間の評価は、もっと高くてしかるべきだという心情は、自分に対する評価は不当に低いので修正されるべきだということに繋がっており、その裏返しの感情が自分自慢になります。これが高じるといわれのない他者批判、民族差別へ発展していきます。

このような心情が、国際社会でリスペクトを受けることはあり得ないでしょう。自分自慢をしたがる者は、常に国際社会を気にかけており、国際社会が不当に自分たちを貶めているのは、国際社会の側にこちらの優越性を理解する度量が不足しているか、あるいは自虐的な歴史観を持った売国的な人間が日本を不当に貶めることをしているからだと主張します（ややこしい論理です）。

そして、そう主張すればするほど、国際社会はそこに危険なナショナリズム＝排外主義の臭いをかぎ分けてしまうことになるのです。


話を日本語に戻しましょう。確かに、どんな言語も相対化してみれば、それぞれの特徴、長所、深みを持っており、優劣をつけることなどはできないというのは、正論でしょう。しかし、日本語遣いのひとりとして、これは外国人には理解してもらえないだろうなと思うことがなくはないのです。

わたしが、よく引き合いに出すのは、職人たちがよく使う、「やりくり」「折り合い」「摺り合せ」というようなもの作りの現場から出てきた言葉です。こういった言葉の持つ微妙な綾は、容易には翻訳することができません。実際に、これらの言葉の前で、通訳がうろたえたという話を、友人のビジネスマンから聞いていました。友人は、わたしの「やりくり」「折り合い」「摺り合わせ」という言葉を、会社の方針にしたワッペンを作ったのですが、そのワッペンを見た外国人顧客が、何が書いてあるのかと質問してくることが多かったと語っていました。英語なら、コミュニケーションとかマネジメントという一言で済んでしまう事柄ですが、このマネジメントという言葉は、日本語になると微妙なニュアンスの違いによっていくつもに枝分かれするのです。

日本語には、日本人の生活が染み着いており、日本人特有の文化、習慣、習俗を理解できなければ、理解できない言葉が存在しています。

そう思いたい自分がいます。

しかし、おそらくは同様なことが、それぞれの言語、それぞれの文化においても言えるのであって、わたしはまだそのことを知らないだけだということなのでしょう。

わたしはまだ、かれらのことをよく知らない。

かれらはまだ、わたしのことをよく知らない。

わたしとかれらは、その知らないということにおいて鏡像的である。そして、そのよく知らないことを、自分が知らないのではなく、それはないのだと読み替えて、夜郎自大な自分自慢をするナショナリストもまた、かれらの中に鏡像的に存在しているということです。

わたしたちが、国境の向こう側に見るのは、つねにわたしたちの鏡像的存在であり、わたしたちはその鏡像に向かって哀惜の感情や、憎悪の感情を掻き立てているのです。

このナショナリズムの相対的関係から抜け出すのは、普通考えるよりもずっと難しいことです。

普通は、国境の向こう側にいるひとびとの言語や文化というものについて、自国のそれとの比較においてしか、その価値を推し量ることができないからです。

司馬遼太郎が、本当の愛国心とは、お国自慢とは違うと言うとき、かれが言う愛国心とは上記の鏡像的な自我を乗り越えたところにしか生まれない人間的感情であることが示唆されています。自国と他国との鏡像関係の外側に立つと言ってもよいかもしれません。わたしたちは、そのような視点から、いや、そのような視点からしか、日本を見ることができなかったアメリカ人というものを想像することができるでしょうか。

国を愛する

かれはワシントンDCで育った、日本の古典文学の研究者でした。ただ、その研究は他のどんな研究者とも違う形で、深められていくことになりました。いわば、比較文学という学問的地平のその先に入り込んで、ついにはその学問的対象の中に溶け込んでしまった、ミイラ取りのミイラのような存在。風貌はいかにもアメリカ人でしたが、二十代のうちに日本を訪れ、新宿の路地裏を歩き、陋巷《ろうこう》に住み、土着的な言語を操る日本の作家たちと交流するうちに、自分が何者であるのかというような、自分が自分であることを証明するための立脚点そのものを破壊するような空気を吸い込んでしまったのです。そして、その自己破壊の毒に冒された中毒患者のような錯乱を生きることになります。そういった時間を潜り抜けた後に、一人の外国文学研究者は、仮説と実証を積み上げていくような学問的なアプローチではなく、直接にその対象世界を生きる術を獲得していったのです。
そういった方法、いや方法というような実利的な言語感覚とは無縁のところで、かれは日本という国の路地裏から歩きだし、最果ての海岸線を彷徨《さまよ》いました。そして、風景がそこに立ち上がってくる瞬間を待ち続けました。まさに、今日では廃れきってしまって、誰も顧みなくなった感のある、文学的としかいいようのない態度で、国境が隔てた場所に接したのです。

防風林をぬけてはじめて七里ヶ浜に下りて、歩き出したとき、ぼくは日本の中の「外部」に踏み込んでしまった、という強烈な印象を受けた。そして日本国家にとっては他所者に生まれたのに日本語の文字を書いて自己を表現するようになったぼくは、日本語の文字によって描かれなかった本州の日本海側の北の最果て近くで、二重も三重もの静けさに包まれている、「ビーチ」からよほど遠い、雑草と流木と東アジアのガラクタが足にからみつく、黄色とも薄茶ともつかない砂浜を、日本列島のどんな名所よりも、一人でもっと歩きたい、歩き続けたいという気持ちにかられた。

（『最後の国境への旅』所収、「津軽」より）

かれは、どこからやってきたのでしょうか。当初は、星条旗の翻る国からのほとんど偶然の旅行者だったはずです。しかし、かれはもはや異国趣味に興ずる旅行者の一線を遥かに超えてしまった者であり、祖国喪失者の風貌をしており、ほとんど異界に迷い込んだ瘋癲のように風景の中に迷い込んでいるのです。かれが、この異界の「ビーチ」で座礁した大型船の脇を通り過ぎようとしているとき、その船の錆びたボディに書かれた「EAST GULL」という船名に目が留まります。かれは、思わず日本語で「東のかもめ」と呟いたのでした。

> 日本の海岸に座礁した外国船だ、という思いが日本語のままで頭の中で響いたとき、日本に体当たりし続けてきた自分の人生の原風景を見せられているような気がした。

司馬遼太郎は、ナショナリズムとは何でないのかということを言っていましたが、それは愛国心というものとは次元が違うとしか言ってはくれませんでした。愛国心がナショナリズムではなければ、それは何かということは説明してくれませんでした。リービ英雄《ひでお》という、その経歴も文体も稀有な作家の文章を読んでいると、この次元の異なる愛国心というものが何であるのかについての理解の端緒に触れたような気持ちになるのです。

もちろん、アメリカ人であるリービ英雄が、日本の最果ての場所への偏愛を語ることと、愛国心という言葉は釣り合いません。しかし、ここにあるのは紛れもなくひとつの「国に対する愛」ではないかと思えてくるのです。もし、そういうものがなければ、異国の言語をあやつって、ひとつの「文体」を獲得するなどということが可能であるはずはないのです。

明らかに、ここにはわたしたち日本に生まれた者ですら持ち得ない、いや日本に生まれたがゆえに獲得不能の、わたしたちが知らない日本語の文体というものが息づいているように思えるのです。

巨大な「かもめ」の下で、小さな人群れが二つも三つも、船体に近づいてはこわごわとしりぞき、砂浜の静寂を破るように、あの暗いようで実は明るい津軽半島の話し言葉で、巨大な船体に笑い声が小さくこだましていた。地元の新しい「名物」を指して、地元の大人も子供も笑い声を発していたのだった。

それはあざけるような笑い声ではなかった。砂浜にこだましていた半島の人々の声からは、むしろ祝祭的な明るさが伝わってきていた。

お国自慢、地域自慢、自分自慢の言葉と、国境の向こう側からやってきた旅行者の言葉の間に広がる径庭が、司馬遼太郎が言った「次元」の意味だとわたしは思います。

リービ英雄が見ていたもの、最果ての「ビーチ」に打ち上げられた巨大な船体に重ねられるように見えてきたものが「ねぶた」であったというこの挿話がわたしたちに伝えてくれるものは、まさしくわたしたちが知らなかった日本語の世界です。いや、わたしたちが忘れ去ったといったほうが、正確かもしれません。日本語の言葉のひとつひとつの中に、古代からの歴史の堆積があるのですが、現代のわたしたちには、もうその堆積物が見えなくなっているのです。それが、国境を隔てて差し込んでくる視線には、はっきりと見えている。そういうことかもしれません。

国を愛するというような抽象的な言葉は、本当はどんな意味も結びません。ただ、この異邦からやってきた文学者は、自分の孤独に重ね合わせるようにして、異国の最果てに堆積したひとびとの孤独を感じ取っているように思えます。

現代の渡来人として、リービ英雄は、お国自慢ということとは異なる次元で、自分の国を発見するとはどういうことなのかを教えてくれているように思えるのです。

愚劣さに満ちた世界で、絶望を語る

——言葉への懐疑

真実か否かを超えたところ

詩人も批評家も、自らの言葉を信用して作品を書いているように思われるかもしれませんが。しかし、ことはそれほど単純でもなければ、善意に満ちたものでもありません。

自分の言葉が信用できないことは、批評家であるために必要なことなのかもしれないと思うことがしばしばあるのです。

鮎川信夫《あゆかわのぶお》という、詩人であり、批評家でもあった、戦後日本の文学者の中で、最も重要な作家のひとりについて思い浮かべるとき、わたしは自ら発した言葉の前で、暗い顔でうつむき、希望と厭世の狭間で佇む詩人の姿が目に浮かんできます。

一九六三年に行われた「詩の教室」という講演において、鮎川信夫は詩人が自らの言葉を信じ得なくなったら終わりだと述べています。

> 持てる者と持たざる者、飢えたる者と飢えない者、白と黒といった対立は現実の問題なのですが、その場合、そうした世界に向かって、詩人というものが果たしてどこまで自分の詩の影響力、あるいは詩の言葉の貫通力を信ずることができるのかということはいちばん問題になるところだと思うのです。詩人が自らの言葉を信じ得なくなったら、それでもう終わりです。
>
> （現代詩文庫『鮎川信夫詩集』（思潮社）より）

一体、鮎川信夫は何を言おうとしているのでしょうか。鮎川がここで信じ得なくなったら終わりと言っているのは、言葉の内実、つまりはそれが真実か否かということについてではありません。自らの言葉には「影響力」や「貫通力」があるということを信じられるか否かということを言っているわけです。これは、詩人の言葉としては意外であるといってよいだろうと思います。

何故なら、通常は詩人とは、「影響力」や「貫通力」といった実効性、遂行性、現実性、即物性とは無縁なところで言葉を紡いでいるものだと考えるほうが普通だからです。

リルケもマラルメも、現実を変革しようなどとは考えなかっただろうし、その必要もありませんでした。詩人は、特権的な孤独の中で、呻吟しながらも自分に向けて言葉を紡ぐ権利を有していたからです。

Le vierge, le vivace et le bel aujourd, hui…
（処女にして、生気あふれ、そして、美しい今日……）

マラルメが、唇の上で心地よい振動を奏でる韻を踏み、その韻を少しずつずらしながらこのように謳うとき、わたしたちは、誰もが及ばないようなしかたで、感受性を言葉に換え、それが人間とその世界との関係の内部にある真実を浮かび上がらせるのを目撃して驚嘆します。わかりやすく言えば、彼ら芸術家は美を求めたのであって、現実の変革などは、俗物の仕事でしかないと考えていたのではないでしょうか。

言葉の効果への責任

ところが、鮎川信夫は、ここで言葉の内実の真偽について述べているわけではなく、言葉の効果について述べているのです。美について述べているのではなく、効用について述べているのです。

そして、詩人は、言葉の真偽に責任を持つのではなく、言葉の効果に責任を持つべきだと言っているわけです。あるいは、こうも言えるかもしれません。自ら詩人であることを否定して、詩を書きはじめたのが「荒地」の詩人たちであり、鮎川は、戦後の荒廃の中に立って、それまでのすべての詩的なものと決別するところから言葉を紡ぎはじめる決意をしたと。

ところで、先の鮎川の言葉は、W・H・オーデンの有名になった詩句である「われわれはお互いに愛し合わなければならない。しからずんば死あるのみ」という一節にまつわる出来事についての話の続きで語られたものです。

鮎川信夫は、T・S・エリオットや、W・H・オーデンといった詩人たちの語法の中に、日本の詩人たちが持ちえなかった批評家の姿を見ていました。かれらは、自分の言葉を信じられない詩人であり、日本的抒情詩や前衛詩人たちには見出すことのできないタイプの詩人でした。

鮎川信夫の世代の詩人が、戦争を潜り抜けた後でどのように再び詩を書きはじめられるのかを自問しなければ、出会うことのなかった詩人であったのかもしれません。

オーデンのこの詩「一九三九年九月一日」の中で、先の章句が出てくるのは次の部分です。

All I have is a voice
To undo the folded lie,
The romantic lie in the brain
Of the sensual man-in-the-street

And the lie of Authority
Whose buildings grope the sky:
There is no such thing as the State
And no one exists alone;
Hunger allows no choice
To the citizen or the police;
We must love one another or die.

一九三九年九月一日とは、ナチスドイツがポーランドに侵攻した日であり、第二次大戦が勃発した日です。

「錯綜した嘘や、普通の人々が頭のなかで空想が作り上げた嘘や、虚空に聳える伽藍のような権威による嘘を取り消すために、わたしたちが持っているのは声だけである。国家なんていうものはないし、誰も一人では生きてはいけない。市民も警察官も等しく飢えからは逃れられない。われわれは愛し合わなければならない。しからずんば　死あるのみ」

オーデンのこの詩は有名になり、当時のイギリス首相のマクミランも演説に使ったと言われています。しかし、オーデンは改訂版のときに、この有名な部分「われわれはお互いに愛し合わなければならない。しからずんば死あるのみ」と言う部分を抹消してしまったのです。

オーデンは何故、この部分を消してしまったのでしょうか。

この「事件」は、大きな問題になり、オーデンは最終的に次のような言葉を残すことになります。

Because we are going to die anyway.

（われわれはどっちみち死ぬんだから）

この言葉をわたしたちはどのように理解したらよいのでしょうか。

言葉を信ずるということの意味

W・H・オーデンは、自分が苦労して紡ぎ出した言葉であり、世間で高く評価された言葉を何故、抹殺してしまったのか。

そこに、現代詩人W・H・オーデンの絶望の深さを読み取ることができるかもしれません。「われわれはどっちみち死ぬ」という言葉には、もはやどこにも希望が含まれていません。そして、オーデンがこの詩を書いた後、世界はまさに「死あるのみ」という地獄へと突き進んでいったわけです。

しかし、鮎川信夫は、ここに詩人の「思いやり」を読み取ろうとしています。

しかしオーデンが成功的な詩行を自分の詩集の中に入れることを憚ったそこには現代社会に対するペシミズムがあると同時に一種の知恵があると思うのです。いや、ペシミズム（悲観主義）というより、人間の限界に対する一種の思いやりであるといった方がよいかもしれません。（引用、同上）

どうでしょうか。鮎川は、いったい何を持って「思いやり」などというあいまいな言葉を持ってきたのでしょうか。

オーデンがこの詩句を抹消した理由の本当のところはよくわかりません。わたしには、人間の愚かさを激しく攻撃するこの詩を書いている本人自身もまた、その愚かさを併せ持った人間のひとりであり、その人間が正義の言葉をこのような形で書き記すということの欺瞞に気付いてしまったということではないかという気がするのです。つまり、自分の書いていることは嘘である、という痛覚を伴った言葉への自覚です。

しかし、それでも、よくわからないのです。

ところで、この詩は、ここで終わってはいません。

まだ、最終連が残っています。

Defenceless under the night
Our world in stupor lies;

Yet, dotted everywhere,
Ironic points of light
Flash out wherever the Just
Exchange their messages;
May I, composed like them
Of Eros and of dust,
Beleaguered by the same
Negation and despair,
Show an affirming flame.

無防備な夜のなかで、世界はだらしなく横たわっている
それでも、正義がメッセージを交し合うところではどこでも、
皮肉な光が瞬いている
わたしも、それらと同じエロスと塵埃から生まれたものであり、否定や絶望に囚
われているけれど、確信に満ちた明るい炎を燃やすことができるのだろうか

詩人が当為の言葉を語るとき、かれは自分が歴史の審級者になっていることを自覚しているのでしょうか。オーデンならば、そんな資格は自分にはないと言うでしょう。自分もまた、エロスと塵埃《じんあい》から生まれた者であり、資格のない者が、正義のメッセージを交し合っているのだと。

そして、そんな自分でも、この世界に明るい炎を燃やすことができるのだろうかと、自問します。

この詩の冒頭に目を戻すと、そこには五十二番街の安酒場でひとり座って、過ぎ去った十年間を思い、死の匂いに挑発される詩人の姿が描写されていることにあらためて気付きます。

そのときはじめて、オーデンが、当為の言葉を書けなかった理由がわかりそうな気がするのです。

世界は愚劣さに満ちており、その世界を構成している人間も希望を語れるような存在ではない。希望を語る語法ではなく、絶望を語る語法が必要なのだ。何故なら、われわれにはまだ絶望が足りないからだ。

オーデンが言っているのはそういうことのように思えてくるのです。

「言葉」が「祈り」になるとき

——痛みの連禱

救いようのない悲しい物語

しかしまさしく視線の終わったところから視線は始まるのだ　そして視線の終わったところからはなにもはじまりはしない　はじまるのは　le vierge, le vivace et le bel aujourd, hui…一種の痛みだけだ受け継がれるところのない不透明ないたみの連禱だけである

（安東次男　詩集『CALENDRIER』定本、所収「氷柱」より）

言葉の終わったところから、どんな言葉がはじまるのでしょうか。

言葉が無力にならざるを得ない場所で、言葉は何を語ることができるのでしょうか。

そんなことは、普通は考えません。しかし、誰にでも、喋ったってしょうがない、言葉にできない、言葉はどんな解決も与えてくれないと思ったことはあるだろうと思います。

わたしは、あるテレビドラマを観て、言葉が終ったところから始まるのは「不透明な痛みの連禱《れんとう》」のようなものでしかあり得ないという安東次男《あんどうつぐお》の詩の一行がしみじみと心に沁《し》みたことがありました。

そのテレビドラマは一九八四年ＮＨＫで放送された「ドラマ人間模様　羽田浦地図」（脚本…池端俊策／演出…門脇正美、木田幸紀／主演…緒形拳）のことです。脚本を書いた池端俊策はこの作品を含めたいくつかの作品で向田邦子賞を受賞しています。

このテレビドラマには原作があります。大田区の旋盤工として印象的な小説や、ルポを書き続けている小関智弘の、『羽田浦地図』と『錆色の町』がそれで、ドラマのほうは同名の小説よりも、『錆色の町』のストーリーが中心になっています。『羽田浦地図』からは失われた町を、記憶の中で再現するために地図を描くというエピソードが盛り込まれて、小説とは違うドラマとして再構成されているのです。

舞台は昭和四十二年の秋、羽田穴森町（現在の羽田六丁目あたり）。郷土史の研究のために、戦前の穴森町の地図を描くというプロジェクトが持ち上がります。羽田空港の建設で、穴森町は大きく変貌しました。かつてここに住んでいたという女を訪ねて町内会の職員がやってきます。女は戦時中の一時期、三業地で春をひさいでいました。現在の女の面倒を見ているのは、渡り職人である旋盤工の茂木（緒形拳）です。茂木は戦友中沢（田村高廣《たむらたかひろ》）が経営している工場で働くことになります。この工場主と、茂木と、女をめぐって戦時中の悲しいエピソードが語られます。茂木の内縁の妻は、もともとは工場主中沢の情婦だったのです。中沢は女を捨て、女は毒草であるノウゼンカズラを食べて死のうとしたことがあります。それがもとで、ずっと体調を壊しているのです。

かつての戦友であり、今は自分を雇い入れた工場主が捨てた女を、渡り職人の茂木は内縁の妻にしたという事実が開示されます。

現在の工場主には、しっかり者の娘（佐藤《さとう》オリエ）がついており、一家を支えています。

時あたかも六十年安保闘争で、穴森町の海老取川に架かる橋の上では、機動隊と学生の激しい攻防が続いていていました。

工場主の中沢は、まもなくがんで死んでしまいます。

茂木に思いを寄せ、たよりにしている工場主の娘は、工場を継いでくれるよう茂木に懇願します。

それは、かつての自分の情婦を救い出してくれた茂木に対する中沢の願いでもありました。

工員たちは、初めは、この流れ職人を受け入れなかったのですが、その仕事ぶりと、卓越した技術を見ているうちに少しずつ心を開いていきます。

茂木の家は、現在の住処よりはずっと海寄りにあり、祖父の代までは羽田浦の漁師でした。茂木も旋盤工にはなりたくてなったわけではありません。しかし、羽田の海が空港の拡張工事で埋め立てられ、漁師では食えなくなった茂木は旋盤工になって生計を繋ぐしかなかったのです。

今は住宅が立ち並ぶこの地も、地面を掘ればたくさんの貝殻が出てきます。もともとは漁師町だったところが、今は宅地になっています。

茂木といつかは一緒になりたいと願う工場主の娘。茂木はやがて、その娘と情を通じることになります。ある日、娘は、茂木を訪ね、父親と、茂木と、女の間で、かつて何があったのかを知ることになります。女も、工場主の娘と茂木の関係を察し、自ら身を引こうとします。そして、かつてそうしたように、毒草であるノウゼンカズラで二度目の自殺を図ろうとするのです。

すんでのところで妻を発見した茂木は、自分に思いを寄せる娘のいる工場を離れようと決心します。工場の若い職人に、自分の技術はすでに伝えてあります。茂木は工場主の娘に退職願いを出します。

救いようのない悲しい物語です。しかし、戦後の場末の町にはどこにでもあったありふれた物語でもありました。

印象的な場面があります。

工場の資金繰りに窮し、工場主の娘も茂木も、窮地に追い込まれるのですが、そのとき、茂木が何かを呟きながら海老取川の土手を歩くシーンです。もうひとつのシーンでは、茂木が工場主の娘と情を通じ、人間の関係もにっちもさっちもいかなくなった状態で、やはり何かを呟きながら町を歩きます。

いわし、しらうお、さわら、あじ、さめ、しまあじ、たなご、きす、うごい、めだい・・・

いなぼら、いか、さより、かさご、このしろ、こはだ、あなご、こち、せいご、いしだい、ざこ・・・

茂木はあたかも痛みの連禱のように、魚の名前を呟きながら、歩くのです。

職人の世界は、手業の世界であり、工場の中は言葉のない機械音の世界です。腕の良い渡り職人である茂木も、さまざまな困難を言葉で切り抜けるような器用な人間ではありませんでした。職場での人間関係の軋轢《あつれき》を解消してゆくのは、茂木の旋盤に向き合う姿勢であり、確かな技術の集積以外にはありませんでした。

そして、茂木のどんな卓越した技術をもってしても、解決できない問題はたくさんあるのです。いや、ほとんどの問題は解決不能です。

茂木が窮地に陥り、切羽詰まり、なすすべがなくなったときに、歩きながら口をついて出てきたのが、自分が生まれ育った土地で死んでいった魚の名前を、連禱のように唱えることだったのです。

働くことと生きることは同義

さて、以下は余談です。

このドラマの原作者である小関《こぜき》智弘さんには、一度だけお会いしたことがあります。自分の著作で、氏の文章を引用させていただく許可を得るために、お会いしたのです。わたしの生まれ育った同じ大田区で旋盤工をしながら作家活動を続けてこられた先輩にお会いしたいということも理由のひとつでした。

事前に電話で、どこでお会いしましょうかとお聞きすると、大森駅のビルの中の喫茶店を指定されました。

ちょっとした、お茶菓子を手に、わたしはその喫茶店に向かいました。

小関さんに関しては、いくつかの職人に関するルポルタージュ、小説を読んでいましたが、そのどれにも顔写真はなかったので、大きな喫茶店ですぐにわかるかどうか少し不安もありました。

しかし、喫茶店に入った瞬間にわたしは、小関さんを認めることができました。他にほとんどお客がいなかったこともありましたが、わたしのなかにあった旋盤工を続けながら小説を書いているという人物像そのままの、矍鑠《かくしゃく》たる「知的な労働者」の顔がそこにあったからです。浅黒い顔に、辛苦に耐えてきたと思わせるような皺が刻まれていました。

そのとき、このドラマのお話も少し伺いました。

撮影の現場で緒形拳と交わした会話の中で、緒形拳が「いいですね、この生き方」「働くことと生きることが同義であるような」ということを言ったといいます。

なるほど、「働くことと生きることが同義であるような生き方」かと、わたしは深く共感したのを覚えています。あの時代、つまり昭和三十年代、四十年代の日本は、労働の時代でした。後に日本全体を覆う消費の時代は、まだまだ予感すらされていませんでした。

あの頃は、誰にとっても生きることとは、働くことだったのです。

数日後、このドラマが収められたＤＶＤ二枚が、小関さんから送られてきました。以後、何度かお手紙でのやり取りをさせていただいているのですが、あのときにお聞きした言葉は、それ以後のわたしの人生に何ものかを付け加えてくれたのは確かです。

しばらく後、わたしは、中学校時代の友人ふたりを、自分の書斎に招き入れ、このドラマを一緒に観ることにしました。そこにある「錆色の町」の光景は、工場の町で生まれた、わたしたちの原点でもありました。三人とも、昭和の町工場の倅《せがれ》としての少年期を送ってきたのです。

ドラマを観ながら、三人とも同じところで息を詰まらせました。

いなぼら、いか、さより、かさご、このしろ、こはだ、あなご、こち、せいご、いしだい、ざこ・・・

それは、緒形拳が、解決できない問題を抱え込んで、魚の名前を呟きながら、海老取川を歩むシーンでした。

読経のようでもあり、祈りのようでもあります。いや、そうすることでしか、生きてはいけないときに、口をついて出てくる何かでした。わたしたちは、小関さんから宿題をいただいたような気持ちになっていたのです。

それからしばらくして、わたしたちは大井町の駅前で待ち合わせ、羽田浦までの、錆色の町を巡る、小さな旅をすることを決めたのでした。

呟きと囁き

——戦争前夜の静けさ

売り言葉に買い言葉

二〇一一年の東日本大震災と、原発事故の後、ツイッターのタイムラインに流れてくる「呟き」は、それ以前とではまったく様相が異なっていました。

震災以前のツイッターは、お気楽な呟きをネットワークするソーシャルメディアでした。レストランで撮影した料理に、自慢気なコメントを付ける。

飼っている猫がどうした。

どこそこのラーメンが旨い。

こんな駄洒落を思いついた。

そして、

時々、政治的な書き込み。

一四〇文字という制限の中では込み入ったことは書けません。当たり障りのない言葉を積み上げながら、ゆるいネットワークを作っていく。そのゆるさが、ユーザーに安心感を与えていました。一四〇文字とは、ツイッターというソーシャルメディアを特徴付ける絶妙な文字制限でもあったのです。

お気軽で、あまり深刻な問題や複雑な問題については触れず、どうでもいいような、揮発性の高い情報が素早く交換される。それまで、字数制限のなかったブログでは、しばしば議論が白熱し、誹謗中傷のたぐいで「炎上」していたことを考えれば、ツイッターは陽気なメディアでした。しかし、あの日を境にして、食べ物自慢や、駄洒落といったお気軽なツイートは影を潜め、もっぱら放射能情報、福島第一原発の状況、政府発表への疑義、原発村の告発といった深刻なツイートが次から次へと流れだしたのです。

そこにはもちろん、反原発、反政権の意見と正反対の、原発推進、政権支持の意見があり、両者はときに激しくぶつかり、罵り合う光景があちこちで見られるようになりました。

明らかに、このときからツイッターという「コミュニケーションの場」自体が変質しました。

3・11以降、お気楽な呟きは「そんなことを言っている場合じゃないだろ」という暗黙のプレッシャーを受けるようになりました。代わって、怒気や嫉妬や嘲笑が入り込み、品位を疑われるような言葉が、目立つようになったのです。

そういった激しい言葉遣いのほうが、リツイート率や、フォロワー数を増やすことに繋がるということも、この傾向に拍車をかけたのでしょう。

そのうち、これまでソーシャルメディア内ではあまり聞いたことのないような「反日」「売国奴」「鬼畜」といった言葉が、恫喝のように使われる光景が現れました。

それらに対抗する言葉も、剣呑さを増しているようでした。

売り言葉に買い言葉。

まことに、悪貨は良貨を駆逐するという俚諺《りげん》そのままの、言語の退行現象を見る思いがします。

一方で3・11以降も、それ以前のスタイルのまま、頑なと言えるほど些事だけを、選択的に書き続けている方もいます。

もちろん、そこにはもともと「世界」の出来事には無関心で、日常的な世界の中でしか生きていない即物的な生き方を選択しているものが含まれています。

しかし、そういった生き方とは正反対に、常に「世界」に対して強い関心を持っているがゆえに、「世界」について語ることを抑制するということもあるのです。

たとえば、どのように「世界」が動こうと、「些事こそが大事」とでもいうように、庭の草花についての記述を続けている鈴木志郎康のような詩人がいます。

わたしはそこに、むしろ精神の強靱を強く感じてしまうのです。

たとえば二〇一五年一月三十一日。

「アマリリスの蕾が全身を現した。1月31日。昨日送った原稿を「現代詩手帖」の編集人の亀岡さんからメールが来て理解して優しく受け取って貰えたのでほっとした。」

二月一日

「アマリリスの花が開きはじめた。2月1日。昨日は長田さん、薦田さん、辻さんが来て改造工事する部屋のものを移動をして貰い、長田さんが作ってきた煮物を食べながら歓談した。大いに助かって幸せな気分になった。嬉しく感謝。」

二月二日。

「アマリリスの花が一つ咲きもう一つが開きはじめた。2月2日。いよいよ今日から車庫の改造工事がはじまる。麻理がいろいろと人の集まれる場にしたいというのだ。」

今年八十歳になるという鈴木志郎康は、こんな呟きをツイッターに毎日のように書き込んでいます。呟きには成長していくアマリリスの花の写真が添えられていました。

「世界」は、シリアでイスラム過激派の人質となったジャーナリストの死をめぐって、騒然としており、日本政府の姿勢に対して賛否の応酬が続いていました。

政府は、アメリカが主導する「テロとの戦争」に、日本のこれまでの姿勢を変えて、イスラム過激派を空爆する有志連合に合流する一歩を踏み出そうとしている様子です。この情勢のなかで、日本がこれまでの平和主義を守っていけるのか、かなりきわどい情勢が続いています。

それでも、鈴木志郎康は「そういう話題」に触れることはありません。

日々、庭の草花の情景と、その日あったことを日記風に綴るだけなのです。

この詩人に、「世界」に対する感心がないわけではないでしょう。

むしろ、「そういう話題」に触れないことが、「世界」に対する関心の深さを暗黙の裡に語っているようにも思えます。

鈴木志郎康が、他者のツイートをリツイートしているものの中には、イスラムのテロ関連のものがいくつも出てきます。

それでも、この老詩人は、意識的に、意志的に自分に対して政治的なツイートを禁じているように思えます。
鈴木志郎康が最近発表した詩の中で、わたしが推測するしかなかったこの詩人の内面が、明示的に表現され、政治的な立ち位置に関しても、かなり明瞭な言明がなされているのを知ることになりました。

それを表現という、
自己の表現による実現と思い込み、
「極私」っていう
個人の立場を現実に向き合わせる考え方に到ったってわけ。
それは、戦後の復興から、
経済優先の世の中に合わさった
マスメディアの膨張の、
有名人が目白押し世の中で、
どうやったら自分を保つことができるかってことだった。
表現だから自分の名前を目立たせたいが、

ヒロイックな存在になるのイヤだっていう
矛盾を生きてきた。
やっぱり、
素直じゃないね。

(『わたしは今年八十歳、敗戦後七〇年の日本の変わり目だって、アッジャー』より抜粋)

小さな声にふさわしい場所

生活の中の、微細な感覚に意味と価値を読み込むような詩を書いてきた鈴木志郎康が、八十歳に差し掛かって、衒いもなければ、けれんもない素直な言葉を紡ぎ出しています。

こういうことを、形而上学的な思想として書くことは難しいことではないかもしれませんが、それを自らの経験として貫き通していくことは容易なことではないはずです。もはや、大家といってもいい詩の世界の重鎮が、自らの身体を使ってそれを表現しているのです。

コロキアル（口語体）で軽妙ともいえる文体とはうらはらに、詩の全体から滲み出てくるメッセージは、後続への遺言ともいえる真摯なものです。

これらの言葉は大きな声で語られることはありません。

ツイッターというソーシャルメディアの中で語っても、この種の声は届くことがないのです。

言葉について深く考えてきた者、あるいは言葉を丹念に読み込んできた者だけが、聞き分けられるような小さな声にふさわしい場所が、鈴木志郎康にとっての詩の空間だということです。

わたしは、この老詩人の囁きに深く同意します。

呟きではなく囁き。いや、本当は反対です。

ツイッターで、大文字の声で書き込まれているのは、誰かに聞いてもらいたいというう囁きだとすれば、詩の世界で鈴木志郎康が試みているのは、自分と、少数者への呟きそのものなのかもしれません。

こういう詩人が詩を書き続けていてくれることをありがたいと思います。

しかし、同時に、わたしには、この詩人がこういった境地を言葉にすればするほど、それが、なんだか戦争前夜の予兆を含んだ情景のように思えて、不吉な予感がしてしまうのです。

平和憲法の元で、
オレとしてへそ曲がりを通してきたわたしには、
今更、
「憲法を変えていくのは自然なことだ。わたしたち自身の手で憲法を書いていくことが新しい時代を切り開くことにつながる」
なんて言ったという安倍晋三首相の言葉には乗れない。
「日本を取り戻す」
なんて止めてくれ。
これが、
敗戦後七〇年日本の変わり目って言うんじゃや、
わたしとしては、
アッジャー、だ、

ゴリゴリって
区切りをつけて、
若い連中と、
詩と、
映像とを
語り合って、
友愛を深めたい、
と思っている八十歳っていうわけざんすね。

（同じ詩から抜粋）

戦争前夜の不吉な予感。
鈴木志郎康は、そんなことを意識して言葉を紡いでいるわけではないでしょう。
不吉な予感を感じ取るのは、わたしのほうなのです。

厄災はいつも忍び足でやってくる

同じような予感を、映画の中に感じたことがあります。

いいや、それは予感ではなく、不吉の前兆そのものであり、その映画に続いて「世界」がどのように歪んでいったのかをわたしたちはすでに知っています。

その映画とは、この間何度も観直すことになった小津安二郎のサイレント時代の作品のことなのです。

松竹蒲田が製作した映画『大人の見る絵本　生れてはみたけれど』は、小津安二郎《おずやすじろう》の昭和七年の作品です。小津にとっては、昭和二年の『懺悔の刃』から数えて二十三本目の作品であり、小津安二郎の名声を決定づけた、無声映画時代の代表作といってよいでしょう。

この映画が作られた昭和七年（一九三二年）という年は、五・一五事件のあった年として記憶されているはずです。

しかし、実際のところ当時のひとびとがどのような生活をし、どのような思いで日々を送り、どのような空気が時代を覆っていたのかについて、リアルに思い浮かべるのはなかなか困難です。八十年の時間がそれから経過しています。いったい、五一五事件のあった時代とは、どのような空気が流れていたのでしょうか。

わたしたちは、五・一五事件が、海軍将校らによる犬養毅首相暗殺事件であったと、中学校の歴史の授業で教えられています。しかし、何故それが引き起こされたのかについては、今は研究者以外には深くは顧みることはありません。この事件の発端を探っていくと、もともとは前総理の若槻禮次郎を殺害する計画であり、その狙いの本筋は血盟団事件に続く「昭和維新」であり、テロ（天誅）によって一挙に復古的な体制の復活を狙うものだったことが、わかってきます。

その三年前、昭和四年（一九二九年）のニューヨーク証券取引所における株の大暴落に端を発した世界恐慌は世界を混乱に陥れました。日本も例外ではなく、当時の主要産業のひとつであった生糸輸出は落ち込み、深刻なデフレが続き、失業の増加、相次ぐ企業倒産などの社会不安が日本全体に広がっていきました。このとき、大蔵大臣として登場してきたのが高橋是清です。高橋はデフレ解消、金融恐慌鎮静化のために、超積極財政政策を行います。二〇〇円札の大量発行や、日銀の公債引き受けによるリフレ政策などですね。一方、満蒙に政治的な覇権を強めていた日本軍は、昭和六年の柳条湖事件に端を発して満州全域を占領する挙に出、中華民国と武力衝突することになります。

昭和七年製作の小津安二郎の『生れてはみたけれど』には戦争の影はほとんどうかがえません。わずかに、主人公の兄弟が通う学校の教室の壁に「爆弾三勇士」という揮毫《きごう》が掲げられているだけです。

本作品においてはそれ以外にはまったくと言ってよいほど戦争の影を見ることはできません。むしろ、そこにあるのは現代のわたしたちの生活にも通じる、つつましい小市民の生活であり、都市化が進みつつあった戦前の蒲田周辺に暮らすサラリーマン家庭の牧歌的ともいえる一情景です。小津は不安な政治状況の中で、小市民的家族の生活に愛情のある視線を注いでいます。そこには、小津安二郎という映画監督の価値観が反映されているように思えます。

映画の最後のほうで、「大きくなったら何になりたいか」と問う父親に、子どもは「中将」と答えます。民主化の進展と、都市郊外の発展、近代化の背後に、微妙に戦争の影は迫ってきています。牧歌的な都市郊外の時間が静かに流れるこの作品に、どこか不思議な緊張感が感じられるのは、わたしたちが、その後に続く大戦の悲劇を知っているからなのでしょうか。

わたしは、小津のこの作品を観て、戦争前夜とはかくも物静かなものであったのかと、あらためて教えられた気がしたのです。

鈴木志郎康という詩人の作品と、小津安二郎の作品を思い浮かべながら、わたしはひょっとしたら、今のこの平和な日本が、戦争前夜なのではないのかといった不安に駆られます。大きな声で笑い、語り合い、ときに怒鳴り合っていたひとびとが、気が付けば、声を潜め、囁き合うようになり、自らに向けて呟き始める。

そうなったときは、もう後戻りができないところにわたしたちは入り込んでしまっているのではないか。これが、思い過ごしであればよいのですが。

災厄はいつも忍び足でやってくるものです。多くの者はそれに気が付きません。ただ、慧眼の者だけが、平時の光景がいつもよりも陰影深くなっていることを感じとることができます。

父親の介護の最中、死がすぐ目の前に近づいているのを知ったとき、わたしのような凡庸の目にも、自然の光景がいつもよりもその陰影を深めているように見え、何気ない日常の光景が愛おしく思えたのをよく覚えています。

今が、これからやってくる災厄の前夜であり、わたしも含めて多くの者が、それに気がついていないのかもしれません。

微細な変化を嗅ぎ分ける者だけが、災厄の前兆を、独特の仕方で言葉にしているということなのではないでしょうか。

嘘

——後ろめたさという制御装置

身体性と言葉との乖離

二〇二〇年のオリンピック招致のプレゼンテーションを見ていて、気持ちが沈んでいったのを思い出します。わたしの思いをそのまま言葉にすればこうなります。

「なんなのだ、この自分自慢と媚態は」

タレントや政治家が身振り手振りと、作り笑顔でお国自慢をしているような光景に出くわすと、どうしても鼻白んで、意気消沈し、気恥ずかしさで一杯になってしまうのです。選手が、自分たちの晴れ舞台である五輪招致に向けて、一所懸命にプレゼンテーションをする光景を見ていると、応援したくもなるし、かれらの善意に疑いはないのですが、政治や利権団体の代表のような人間が、お金儲けとナショナリズム高揚を狙って、心にもない嘘八百を並べているのは、聞くに堪えない光景だと言いたくなるのです。

とりわけ、わが国の総理大臣が出てきて、福島第一原発に触れて「完全にコントロールされている」とやったのには、気恥ずかしさを通り越して、嫌悪感を催さずにはおれませんでした。

「嘘もたいがいにしてくれよ」

とテレビ画面に向かって呟く自分がいました。

どのような政治思想を持っているのかということは別にして（ここはそのことは触れる場所ではありませんので）、この人の言葉には何か決定的に重要なものが欠落していると思われてならなかったのです。言葉に対する感覚と言ったほうがよいかもしれません。

誰でも、自分が発する言葉に対する、自分の立ち位置というものを持っています。自分というものを勘定に入れない言葉というものはないからです。嘘を言うときには、誰でも、どこかしら、後ろめたい気持ちになるものです。

嘘をつかない人間はいないし、時に嘘もまた必要な場合があるでしょう。ですが、がんを当人に知らせないとか、親に心配をかけないためとかいった必要な嘘ではあっても、自分が嘘をついているということに対する後ろめたさはどこかに残るものです。

この後ろめたさが、どこからくるのかはよくわからないのですが、後ろめたいと思う気持ちは、人間に本来備わった制御機制であり、人間が社会を公正に築いていくためには、どうしても必要なものなのではないかと思うのです。

言葉というものは、気持ちがそこになくとも、自分でそれを信じていなくとも、発することは可能です。生来の嘘つきであったとしても、いや、嘘つきであるほど、そのことをよく知っているはずです。

だからこそ、相手に自分の嘘を気どられないように、注意深くもなるし、嘘を補強するための工夫をすることになるわけです。嘘によって、かれが得たいものは、信用なのですから。この場合にも、自分というものを勘定に入れて、かれは嘘をついているのです。

嘘つきは、いつも、自分の発する言葉を相手が信じ込み、自分が嘘つきでないと信用させようと努力しているはずなのです。嘘は、それを言い放った瞬間に、相手方の反応にすべてがゆだねられ、その反応が返ってくるまでの微妙な時間を待たなくてはなりません。

自分の身体性と、自分の言葉が乖離した状態です。普通は、嘘がばれやしないかという不安や、相手を騙していることへの背徳感で、一瞬の間、宙づりの状態に陥ることになるわけですね。

反対に、信念の言葉を吐いているとき、そこには幾分かは自尊の感情を伴っています。誰が何と言おうと、自分は真実を語っているのだということは、自尊感情を増幅させます。これは、相手の反応がどうであれ、自分で自分に対して正直であることが優先された状態であり、身体性と自分の吐き出した言葉との間に乖離はありません。

わが国の総理大臣の場合は、こういった言葉に対する屈託というものがどこにも感じられないのです。このひとの場合は、自分の言葉が嘘なのか、真実なのかはどうでもよいと考えているとしか思えません。いつも、自分というものを棚上げにしたところで、相手を打ち負かす道具としてだけ、言葉が存在しているということであり、後ろめたさなしに、嘘が言えるということなのでしょうか。

自分とは異なる他者に対して、言葉で何かを伝えようとする場合、誰でも普通は、情理を尽くして自分の考え方を理解してもらおうと試みることになるでしょう。

しかし、かれの場合には、自分の同調者に受ける言葉を発することはあっても、自分に批判的なものに対しては、いかなる関心もないように見えます。

かれの言葉の先にいるのは、同調者か、敵対者だけであり、敵対者に対しては、ただ有利なポジションをとるだけのために、言葉を発しています。かれにとって言葉は、それが、真実であるか、虚偽であるかは関係なく、ただ、相手を打ち負かすか、煙に巻くか、政治的優位に立てるかだけのための、ツールでしかありません。

つまり、党派的な言葉でしかないということです。この場合、言葉は、相手を打擲したり脅したりする棒切れのようなものであり、相手を打ち負かす以外のどんな価値もないのです。

だから、自分の嘘に対しても、どんな意味でも罪悪感や背徳感を持つ必要もないし、そのような感受性も不要なのかもしれません。

もし、それが政治家の資質であるとするのなら（そんなことはないと信じたいところですが）、政治家の言葉は常に嘘であると思わなければなりません。
これほど言葉をぞんざいに扱う者に、どうして信を置くことができるでしょうか。

条理を尽くした言葉

詩人とは政治家の対極にある場所から言葉を発する者です。ひとつの言葉に、自らの全重量を載せるようにして、言葉を紡ぎ出そうとするもの。そして、どんなに丁寧に、注意深く、条理を尽くしても、言葉はいつも不完全なものであり、口を衝いて出た瞬間に、嘘になってしまうのです。

これ以上たどれない。
暗い森はいたるところにある。
本当のことをいうためには
しかし
何かを殺さねばならぬ。

言葉は死なねばならぬ。
本当のことをいえば
私は言葉を信じていない。
崖から石を落とすように
言葉は落とすしかない。
言葉が落ちる
崖の下には
きまって森がある。
これ以上たどれない
のではなくて
これっぽっちも
たどれていないのだが。
言葉の行方はつきとめねばならぬ。
枝折って
指折って

森のなかを
くまなく探さねばならぬ。

（「言葉」安水稔和）

安水稔和《やすみずとしかず》という詩人にとって、言葉は、それが身体を通過して、吐き出された瞬間に、もはや嘘でしかなくなってしまうものなのかもしれません。だからこそ、この詩人にとっては、言葉はいつもひとつの痛覚と共にあるのです。

ひとつの想いが言葉になるとき、言葉はいつもその想いを伝えるためには不十分であり、むしろ言葉にならない想いが詩人の内面に残留します。言葉はいつも不完全であり、限定でしかありません。それでも、言葉を発しなければならないとき、「崖から石を落とすように」言葉を落とすしかありません。

言葉は、自分と、その届け先である相手とを架橋する唯一の道具であると同時に、どこまでいっても相手に届かないで、深い想念の森の中に消えてしまうという自覚。

それでも、この詩人は、言葉を紡ぐ者として、言葉を諦めようとはしていません。「枝折って」「指折って」言葉の行方を突き止めようとします。

言葉を大切にするとは、こういう態度のことを言うのです。
言葉を最も大切にしている者は、言葉を信じられない者であり、それゆえに、その行先をどこまでも探し求める者なのです。

言葉に対する、屈託がなければ、ひとは詩人にはなれない、いや詩人になどなろうとはしないものです。
もうひとりの詩人は、言葉によっては解決できない問題を抱えて、言葉に翻弄され、言葉に裏切られ、言葉をあきらめる寸前のところで、再び言葉の世界に立ち戻ってきます。

言葉なんかおぼえるんじゃなかった
言葉のない世界
意味が意味にならない世界に生きてたら
どんなによかったか

あなたが美しい言葉に復讐されても
そいつは　ぼくとは無関係だ
きみが静かな意味に血を流したところで
そいつも無関係だ

あなたのやさしい眼のなかにある涙
きみの沈黙の舌からおちてくる痛苦
ぼくたちの世界にもし言葉がなかったら
ぼくはただそれを眺めて立ち去るだろう

あなたの涙に　果実の核ほどの意味があるか
きみの一滴の血に　この世界の夕暮れの
ふるえるような夕焼けのひびきがあるか

言葉なんかおぼえるんじゃなかった

日本語とほんのすこしの外国語をおぼえたおかげで
ぼくはあなたの涙のなかに立ちどまる
ぼくはきみの血のなかにたったひとりで帰ってくる

（「帰途」田村隆一《たむらりゅういち》）

ここでは、詩人はでき得る限り、自分に正直であろうとして、言葉に裏切られるような存在です。いや、言葉に対する絶望がなければ、人は詩人にはならないと言ったほうがよいのかもしれませんね。

ひとは、様々な思いを胸に、言葉を発します。しかし、言葉はその複雑な胸の内を十全には言い表すことはできません。だからこそ、言葉は必ず曲解されることになります。

そのことを知っているがゆえに、ひとはひとつの言葉に思いを込め、丁寧に、大切に扱い、それがどの程度相手に届いていったのかを見届けようとするのではないでしょうか。

冒頭で挙げた、政治家の言葉には、そのような言葉に関する絶望も、屈託も、後ろめたさもありません。それはある意味で、見事なものです。それで、済んでしまうなら、言葉はどんな意味でも、ただの道具でしかありません。

ブレヒトに倣って、こう言いたい気持ちになります。言葉を大切にする政治家を持たない時代は不幸だが、言葉を大切にする政治家を切望する時代はもっと不幸だと。

言葉の交換を放棄したもの

——唄が火に包まれる

自分のために唄う

再び、安水稔和の詩から、話をはじめたいと思います。

歌をうたう。
いつもそうだ。
なにかをしようとすると
いつもなにかを押し殺している。

そのことに気づくのだが。
考えてみるがいい。
常に殺されていて。
殺されつづけて。
黙らされて。
だから腐っていて。
腐りっぱなしで。
だから臭気をもてあましていて。
じっとまもっているしかなく。
だから歌をうたおう
歌をうたうしか
とせっぱつまって歌をうたう。
何でもないことだ。
お茶漬けだ。
さらさらだ。

殺されていて。
殺されつづけて。
黙らされて。
いつでもそうだ。
いつものことだ。
心がふるえるのだ。
歌をうたうためには君
大声はりあげなくてもいい。
心がふるえてくるのだ。
がくがくふるえてくるのだ。
鳥よ。
飛べ。
そうだ。飛べ。
鯨よ。
喰らえ。

そうだ。腹はちきれるまで喰らえ。
海よ。
産め。
塩の渋。舌もねじきれるほど。
君よ。
きけ。
そうだ。
歌なんだ。

（安水稔和「うたう」）

ひとは何故唄うのでしょうか。

誰かに自分の想いを届けるために、言葉を曲に乗せて、唄うのでしょうか。自分が、音楽的な快感に陶酔することを求めて、唄うのでしょうか。それとも、何かを決意するために、決意を共有する連帯の歌を唄うのでしょうか。いや、それとも……。

そんなことは、普段は問わないでしょうし、問題にもなりません。問う前に唄っていますから。ひとはただ、何かを忘れるために、何かに浸るために、何かから逃れるために、何かを摑みとるために、何かに寄り添うために、歌の力を借りるのだとも言えるでしょうし、ただ、唄いたいから唄うのだとも言えるはずです。

つまり、理由は後からいくらでも付けられるということであり、唄う理由はいつだって、遅れてやってくるものに過ぎないとも言えるでしょう。ひとつだけ、確かなことは、歌を唄うということは、通常の言葉によるコミュニケーションとは違うということだけです。何が、どう違うのかは、やはり、いつでも後付けの論理で語ることができるだけです。

歌は、他者に自分の声を届けるためにだけ唄われるわけではありません。最初から応答を期待していないからです。その意味では、言語のコミュニケーションツールとしての役割を最初から放棄したところで歌がはじまるとも言えるでしょう。応答を期待していないということは、言語の最も重要な機能である、言葉の交換を目指してはいないということです。最近ではよく、インタラクティブ（双方向）のコミュニケーションということが言われるようになりましたが、歌は情報や感情を交換する相手の不在において、際立つということがあるのです。歌声が他者に届き、他者を感動させることがあったとしても、それは結果に過ぎないのであって、ひとが歌を唄うのは、他者に自分の声を届かせるためではありません。いや、そうと断言することには、ためらいがありますが、少なくとも、歌が目指しているのは、コミュニケーションが最優先だということではないとは言えるでしょう。だから、目の前に誰もいなくとも、ひとは歌を唄うのです。

では、誰のためにひとは歌を唄うのでしょうか。自分の経験に照らし合わせてみるならば、多くの場合、ひとは自分のために唄う。自分の中に、抑圧され、内面化された感情を、自分ではっきりと聴くために唄う。

もし、歌が、最初から双方向のコミュニケーションを断念しているのだとすれば、その断念にこそ、歌を特徴づける重要な鍵があるのではないか、わたしはそんなふうに考えたいのです。孤独を逃れるための、他者とつながるためのコミュニケーションツールとは反対の、むしろ、孤独を際立たせるために唄う。乱暴な言い方を許してもらえるなら、その断念そのものが、歌なのではないかということです。

唄が火に包まれる
楽器の浅い水が揺れる
頬と帽子をかすめて飛ぶ
ナイフのような希望を捨てて
私は何処へ歩こうか
記憶の石英を剝すために
握った果実は投げすてなければ
たった一人を呼び返すためには
声の刺青を消さなければ
私はあきらめる
光の中の出会いを
私はあきらめる
かがみこむほどの愛を
私はあきらめる
そして五月を。

（清水哲男「美しい五月」）

それが希望であれ、喜びであれ、悲痛であれ、苦悩であれ、ひとが唄うのは身体から滲み出てくるほどの過剰の行き場所が、歌しかないからなのかもしれません。そして、歌が身体を離れて、中空に放たれるときに、希望であればそれは増幅され、悲痛であれば、幾分かは救済される。歌はいつだって、現実の前では非力だけれど、唄うことで過剰は抑制され、欠落は埋め合わされ、悲痛は緩和され、苦悩は救済されるような気がする。そういうことがあるからこそ、ひとは歌を唄うのではないでしょうか。

ところで、清水哲男がこの詩を書いたとき、かれの頭の中にあった歌とは何だったのかと思います。かれが関わっていた学生運動の闘争の中で唄われた歌だったのか、それとももっと別の、たとえばテレビの中の流行歌手の唄う歌であったのかで、この詩の持つ情景はまったく変わったものになります。読者であるわたしは、勝手に自分の中にある歌を想像するばかりであり、そういった読者の自由が許されているのが詩の面白いところだろうとは思います。

わたしは、この清水哲男の詩が好きで、何度も繰り返して読んできたのですが、読むたびに印象が変わるという奇妙な体験をしました。それは、今でも進行中の体験であり、そこに詩の生命が宿っていると言いたい気持ちになります。

そもそも、「唄が火に包まれる」とは何を意味しているのでしょうか。

それすらわからなくとも、この詩が、深い断念への意志の表明であること、詩の背後には、散文的でもあり通俗的でもある複雑な事情が隠されていることはわかるわけです。

古本屋で偶然発見した、『唄が火につつまれる』(思潮社)という清水哲男の評論集を読んだときは、それまでのわたしの読みと、この詩が出来上がってくる背景のあまりの違いに、仰天したものです。この評論には「あるいは「涙の紅バラ」論」という副題がついており、それが何と、美空ひばりが唄った歌だということなのです。清水哲男はこの評論を、少年期に頭から離れなかった美空ひばりの歌の引用からはじめています。何故それが、少年清水哲男の頭を離れなかったのか。その理路は難しいのですが、かれは「本質的に脱社会化することによって、はじめて成立している歌の構造に、人が社会的な意味を見出してしまうこと。自分の心情を保守的に秩序化された歌自体に、とことん入れあげてしまうこと。それは自己と社会とのかかわりを単純化し、整理し、短絡してしまうことなのである」と書いています。

そして、少年期特有の繊細な認識力と、社会化され通俗化された状態における現実的な理解力の狭間で揺れ動く心の葛藤と、その葛藤からの脱出について語っています。現代のわたしたちの置かれた環境の中では、清水哲男の歌へのこだわりには、わかりにくいところがあります。鋭くも敏感な少年期の詩的な認識力を持ち続けたまま、ひとは大人にはなれません。大人になるためには、自分の中にある「少年」を殺さなければならない。そうしなければ、ひとは「人格的理解力」(谷川雁が「詩的認識力は人格的理解力と相殺しあわないものなのですか?」という問うたときの言葉)を獲得できないからです。ほんとうに、そういうことなのでしょうか。おそらくは、このような理路が、六〇年代から七〇年代にかけての政治的な季節のなかで、こどもと大人との間で宙づりになっていた青年期が共有していた課題だったのかもしれません。

この、どこにでもあり、誰にでもある青年期の疎隔感は、しかし、詩人を選びとろうとしている人間にとっては相当に切実な問題であったことが想像されます。

評論の最後のところに、思わぬ言葉が出てきます。

「立ち止まることだけが、沈黙することだけが、私の唄に残された唯一の道のような、そんな憂鬱な気持に落ちこんでいくのである。いま、私の唄はこのようなペシミズムの青白い炎につつまれて燃えている」

言葉に対するこのような屈託を自覚したとき、ノートに過剰な言葉を書きなぐっていた文学青年は、初めてプロの詩人になるということなのかもしれません。

まあ、プロとは言っても、今日、詩で生計を立てるなどは、ほとんどできない相談なのですが。

嘘を、嘘と知りつつ騙されてみる

さて、この清水哲男の評論集が出版された年（一九七七年）に、わたしは友人の内田樹らと、渋谷道玄坂の途中にある花街の中に、翻訳事務所を構え、それまで二年間ほど続いていたプータロー生活に別れを告げることになりました。

わたしの場合、歌は最も通俗的で、恥ずかしくも悲しい体験に結びついています。清水哲男の評論集が出版される数年前の、まだどこにも行き場もなく、ふらふらしていた一七七三年五月。当時のわたしは、大学に籍を置いてはいましたが、毎日、毎日同じ場所へ通っていました。その場所は、高田馬場にあった大学ではなく、渋谷駅から十分ほど歩いた、かつての遊郭のあった渋谷円山町にほど近いところにある喫茶店でした。その喫茶店のことは、別のところでも書きました。クラッシック音楽をかけているライオンという店で、あれから半世紀近く経っていますが、まだ健在です。

その喫茶店には、美しい四人の女の子が、代わる代わる交代しながら働いていました。今でも、四人のことは、鮮明に覚えています。なにしろ、わたしはこの前後の数年間、毎日そこに通っていたわけですから。いったいそこで、何をしていたのか。

まさか、女漁りではあるまいと言いたいところですが、実際のところ、当時のわたしには付き合っている女性のひとりもなく、この場所で出会う女性たちは、まさにわたしの憧れだったのです。

しかし、彼女たちに会うことだけが目的だったわけではなく、本章の冒頭の部分で触れていますが、毎日毎日、何かを書いていたのです。それは、詩であったり、詩論であったり、ときに小説であったりしました。わたしが通っているはずだった大学は、理工学部機械工学科だったので、この場所はわたしにとっての逃避場所であり、毎日大学に行かずライオンに通うということそのものが、逃避であったと言うことです。

さて、その四人の女性のことですが、わたしは、いつからかその中のひとりの少女に強く惹かれるようになりました。

あるとき、彼女がコーヒーを運んできてくれたときに、ノートの隅に「今度の日曜日に会っていただけないか」と書きなぐって、そのページを引きちぎり、彼女に手渡しました。随分思い切ったことをしたものだと思いますが、同じような光景を何かの本で読んでいたので、それをそのまま真似したわけです。青年というのは、こんないやらしいことをするものです。しょうもないことですね。

かくして、日曜日の昼間、彼女を店から連れ出すことに成功し、代々木公園でデートをしました。初春の萌えるような緑の中で、芝生に座り、数時間の幸福な時間を過ごしました。しかし、それ以上はなにもなく、その後またライオンに戻り、いつものように、自分の定席に腰かけて、いつものように何事かをノートに書きつけることになりました。

ただ、そのとき公園で彼女から聞いた話が、その後ずっと頭から離れなくなりました。

なんでも、彼女は不治の心臓病を抱えていて、いつまで生きられるかわからないのだとわたしに語ったのです。

次第に「不治の病」という言葉だけが、わたしの中で膨らんで、ほとんど窒息しそうな状態になり、わたしは、彼女を救済しなければならないという使命感のようなものに囚われることになります。その第一歩として、彼女と今後のことなどを、膝詰めでじっくりと話し合わなければならない。本当は、彼女と会いたかっただけなのですが、そんな理屈をつけて、彼女と半日を過ごす約束をとりつけました。待ち合わせ場所は、まさに流行歌そのままに、渋谷ハチ公前です。当日約束の時間の一時間前に、わたしはハチ公前に立ちました。

待ち合わせの時間までの、一時間の何と長かったことか。そして、足下に何本もの煙草の吸殻を落として（当時はこんなふうに行儀が悪いやつらがたくさんいたのです）、やっとその時間になったのですが、彼女はなかなか現れませんでした。五分、十分、三十分。時間がどんどん経過し、とうとう一時間が過ぎてしまいました。

結局私は、約束の時間までの一時間と、約束の時間を過ぎた四時間、ハチ公前で煙草を吸い続けていたわけです。何という哀れな男でしょうか。いや、頓馬な男だというべきでしょう。わたしは、まあ、振られたということだけなのですが、彼女には、何か来られないのっぴきならない理由ができたのだ。彼女もまたもがき苦しんでいるのだと思い込もうとしていたのです。体調が急変したとか、交通事故にあったとか、ほとんどありえない想定をして、自分を納得させようとしていたわけです。当時はまだ、携帯電話というものがなく、待ち合わせ場所で、会えないということは日常的にあったわけですね。

一世を風靡した、ドラマ『君の名は』は、運命の糸で結ばれたと信じた春樹と、真知子の数寄屋橋でのすれ違いから始まって、日本各地にまで展開する、会いたいけれども会えない男女の、延々と続くすれ違いの物語でした。携帯電話の登場ひとつで、このドラマは、もはやあり得ない寓話でしかなくなり、誰も顧みることがなくなりました。

あのときのわたしは、春樹の心境だったのかもしれません。わたしは、悄然として家に戻り、一枚のレコードをかけました（そういえば、レコードなんていうのも、ほとんど見かけることがなくなりましたね）。

今思うと何でこの歌なんだろうかと思いますが、わたしは何回も何回も同じひとつの歌をかけ続けました。その歌とは、チューリップというバンドが唄う、「心の旅」でした。「あー、だから今夜だけは、君を抱いていたい」というあの歌です。

わたしは、何でこの歌を、何度も何度も聞いていたのでしょうか。ほとんど理屈を探すことはできないのですが、そのときの心境に、この歌の曲調と、恋人との別れを哀しむ歌詞がぴったりとしていたということでしょうか。

でも、本当は、わたしは彼女が来ないだろうこと、彼女の病というのも嘘だということをどこかで気付いていたのかもしれません。しかし、それを信じたくはなかったわけです。それで、自分勝手な物語を作り出し、彼女の嘘を嘘と知りつつ、騙されてみたかったということなのかもしれません。と、ここまで書けば、この話はそのまま流行歌の歌詞になってしまいます。バーブ佐竹が唄った、山北《やまきた》由希夫《ゆきお》作詞の「女心の唄」です。その歌のなかに「どうせ私をだますなら、だまし続けて欲しかった」というフレーズがあります。

では、わたしは、あのとき何故バーブ佐竹ではなく、チューリップだったのかと問うてみたい気持ちになります。

やはり、バーブ佐竹が花街の女心に憑依して唄う歌は、青年期のわたしが感情移入するには、無理があったということなのかもしれませんね。

ひとが、歌に惹かれ、その一節を口ずさむのは、どこかに、自分が感情移入するための、取りつく島が必要なのです。その取りつく島は、どんな小さなものでもよいのです。バーブ佐竹の歌には、当時のわたしには、どこを探しても、取りつく島がなかったのです。チューリップの歌にそれがあったのかといえば、そこにも具体的な共通性などほとんどないのですが、それでも、感覚的には共有できるものがあったということだろうと思います。

本当は、どんな歌でもよかったわけです。取りつく島さえあれば。

わたしは、暗い海に漂流しているような気持ちだったので、取りつく島が見えれば、それがなんであろうと、取りついたはずです。

ところが、あのとき、この歌を何度も聴き、口ずさんだために、この歌を聴くと、その時の何とも言えない、挫折感が蘇ってくるのです。

牛が食べ物を反芻するように、わたしは、自分の傷口を反芻していました。

一年の後、わたしは同じライオンの女性のうちの、ちょっと風変わりな女性と親しくなりました。別に、色恋というわけではないのですが、ちょっとした同志的な友情を感じており、彼女と当時の顛末についての話をしたことがありました。

「馬鹿ねぇ。そんなの嘘に決まっているじゃない」と、心臓病の話を一蹴して、「あなたは、他にもっといいひとがいたのに、その娘のことはまったく目に入らなかったのね」「彼女はとてもいい娘よ。そしてあなたに惚れていたのよ」

わたしは、ちょっとびっくりして、そんなことがあったのかと記憶を巻き戻しましたが、記憶の中のどこにもその娘の陰影は見つけられませんでした。

その話は、それで終わったのですが、今度は彼女が陥っている借金地獄の話になったのです。その顛末を語ればまた、話が長くなりますので、ここではしませんが、わたしは、ため息まじりの彼女を誘い、うなぎ屋の暖簾を潜りました。「まあ、うなぎでも食って、元気をだせや」と今度はわたしが彼女を慰める番になったのです。

腹いっぱいになって、店を出るときには、ふたりともなんだかさっぱりとした気持ちになっていました。

渋谷の街には、何か音楽が鳴っていたのですが、今それを思い出すことはできません。ただ、わたしにとって、これ以後、「心の旅」は特別な音楽ではなく、どこにでもある普通の歌になりました。

わたしは、何かをあきらめることを、この女性から学び、少しだけ大人になった自分を感じていたのかもしれません。

時代が人間を追い越す

——時間と時代

余った時間と粗大ゴミ

かつて、時間は、時代の中にすっぽりと収まっており、そこからはみ出すことはなかったように思います。いつも、「時代＞時間」の関係の中で、わたしたちは、物事を考え、仕事をしていました。時代の過ぎ去ってゆく速度と、わたしたちの生活の中の時間の速度が調和していれば、いつも「時代＞時間」という関係が安定的であり、生活の時間の中での活動の堆積が、ひとつの時代を作っていくという道理を信じることができました。

ところが、当今のように科学技術は発展し、家電や、コンピューターの寿命がどんどん短くなり、すぐに陳腐化してしまう時代になると、時代が個人の生活の時間を追い越していくような光景が出現したのです。

たとえば、わたしの両親の生活は、七〇年代、八〇年代のままゆっくりとしか変化してゆきませんでしたが、時代のほうはどんどん進んで、かれらを追い越してしまうということを実感することがありました。

わたしの母親は、毎日決まった時間になると、近所の商店街に、その日の夕御飯の食材を買うために通っていました。それはほとんど日課というべきものであり、出かける時間も、帰ってくる時間もいつも同じであり、それが彼女の生活のリズムを作っていたのです。冷蔵庫が大型化し、冷凍庫ができてからは、毎日食材を買う必要はなくなりました。ところが、わたしの母親は、以前と同じように毎日商店街に通っていました。冷蔵庫は一杯になり、奥の方で食材が腐りかけても、それを片付けようという気力が失せていました。

母親の時代の冷蔵庫は、氷屋さんが運んでくれる氷を上部の氷室に入れ、その冷気で下部の冷蔵室を冷やすという体裁のもので、冷却時間は一日しか持ちません。だから、毎日商店街の魚屋や、八百屋に行って食材を買い込んできては、わたしたち家族と、住み込みの工員のための食事を作っていたのです。

そして、もはやその必要がなくなっても、彼女は毎日商店街へ通うという日課は続け、その結果、必要のないものを買ってきては、箪笥の奥にしまい込んでいたのです。商店街へ通うことは彼女にとっては、人生の一部であり、それが必要ではないということになれば、もはや人生の一部を失うことに等しかったのかもしれません。このように、生活を律していたいくつかの行動が、時代の利便性によって、意味のないものに変わりました。

それは確かに、文明の進展であり、時代の進歩であるわけですが、古い時代の習慣の中で生きてきた者にとっては、あたかも自分の存在が不要のものになったかのように、感じることがあったかもしれません。

事実、ある年代以降の人々を、粗大ごみであるかのように言う風潮がありましたし、当人たちも自嘲気味にそう漏らすような光景がありました。人間は、自分が自由になり、幸福になることを目指しながら、その努力の結果として、自らの存在理由を希薄化してしまうという皮肉な進歩を続けるということになってきています。

実際問題として、省力化、ロボット化を推し進めていけば、これまで必要だった労働力はすべて、機械やコンピューターが代替してくれることになり、それはそのまま就労の機会を減ずることに繋がるわけです。論理的にはそうなることはわかり切ったことです。

そして、進歩を推進する側は、人間が厳しい労働から解放された分だけ、より創造的なこと、好きなことに余った時間を差し向けることができると喧伝します。しかし、そう簡単に、創造的な仕事に就けるわけではなく、その結果経済的に逼迫するということになれば、余った時間とは、自分が粗大ゴミのようにただの場所ふさぎと知って、呆然とする時間でしかなくなる恐れがあるわけです。

なんだか、暗い話になりましたが、時代のあるところから、わたしたちはそちらの方向へと否応なく押し出されてしまったというのが、正しい時代認識なのかと思ったりもします。経済効率だけを求めて、労働や、社会というものを設計していけば、そうなる恐れは十分にあるということです。

辞書作りの時間

近頃は、わたしも、だんだんと母親が時代に取り残されていった年齢に近づいていいるのを、感じることがあります。同年代の中では、元気なほうであり、活動的でもあるのですが、それでも、最近のテレビ番組などに面白さを感じなくなっており、渋谷や新宿といったアクティブな街へ繰り出すのは億劫になりました。動きが緩慢になり、行動範囲が狭くなり、炬燵に入って蜜柑の皮をむいているような時間を過ごすことが多くなりました。

昨年の年末は、あまりすることがなかったので、映画ばかり観ていました。いや、実際には、締め切り原稿を抱え、書評用のゲラを抱え、会社の資金繰りなどもしなければならず、映画なんか観ている暇はなかったのですが、忙しさに付き合うだけのエネルギーが湧いてこず、ひたすら逃避していたということかもしれませんが。

ところが、ある映画を観て、急に仕事をしなければいけないな、いい加減なことをしていてはいけないなと思い出し、年が明けた元日から、フルスピードで原稿を書き出したのです。つまりは、仕事心（なんていう言葉があればですが）に、火が付いたというわけです。

その映画とは、石井裕也《いしいゆうや》監督の『舟を編む』という作品です。原作は三浦しをんさんの同名の小説ですが、こちらのほうは、読んでいませんでした。映画のあらすじは、一言で済んでしまいます。いや、そんなことを言ったら、作者に失礼極まりないのですが、この映画のエッセンスは、辞書ができるまでの、編集者の苦難の日々ということに尽きるだろうと思います。もっと言えば、辞書ができるまでの数十年という時間についての映画です。

主演の松田龍平《まつだりゅうへい》と脇役のオダギリジョーの演技がなんとも言えませんでした。松田龍平は、本作の演技で、お父さんである松田優作《まつだゆうさく》を追い越したと言ってもよいかもしれません。オダギリジョーの演技は、天才と言ってもいいほどで、その力の抜け方、自然ないい加減さは見事と言う他はありませんでした。最近の若い役者には、こういったずば抜けた演技力を持つひとが何人かいますね。女優だと、麻生久美子とか、この映画の監督の奥さんである、満島ひかりとか。

わたしは、最初は、松田龍平とオダギリジョーのふたりの掛け合いを笑いながら見ていたのですが、だんだん画面に惹き込まれ、そのうちに胸が締め付けられるような気持になりました。

通常、辞書ができるまでには、十年から二十年かかるそうです。何でもかんでもスピードアップした現代においては、辞書作りは、経済的には間尺に合わない仕事であり、辞書編纂という仕事に携わる人間は、ほとんどガラパゴス島にいるトカゲのような存在になっているわけです。

映画では、『大渡海』という国語辞典ができるまでに十五年を要しています。今日、十五年を要する仕事は、ほとんど存在しません。何故なら、十五年後の世界というものを想像することが難しくなっているからです。

今話題になっているオリンピックのスタジアムでも、数年で完成します。わたしの書斎の書棚には、広辞苑がありますが、この辞書が完成するまでにどれほどの時間が流れたのだろうかと、あらためて思います。辞書の中に埋まっているのは、用語や用例だけではないのです。気の遠くなるような時間がそこには埋まっています。

辞書を作ること、それ自体が、現代に対する批評になっているということです。たとえば、還暦を過ぎたわたしが、今から辞書の編纂を開はじしたとすれば、その完成まで生きていられるかどうかわからないのです。それでも、どこかの辞書編纂室で黙々と辞書を作っているひとがいるはずです。

まるで、サグラダファミリアの完成を夢見るガウディのように、いつ果てるともしれない仕事に就いて、黙々と作業を続けています。かれらは、どうしてそんな先の見えない努力を続けていられると思うことがあります。かれらにとっては、成功とか失敗とかいうのは、努力の結果なのであって、結果のために努力をするのではないのですね。

もし、仕事が単なるお金のための労働であるならば、働くことは苦役であり、その代償が報酬ということになります。マルクスは、「労働者は、労働力を売って商品を作り、それを市場で買い戻す」と言いました。その意味では、辞書編纂の仕事は、自分の労働によって得た報酬によって、自分が作った辞書を買い戻そうとしても、そのとき自分はもうこの世にいなくなっているかもしれないのです。

いや、十五年先のデジタル時代には、もはや紙の辞書は、商品としての価値を失っている可能性も否定できないでしょう。

実際のところ、今日、どれだけの人間が辞書を身近に置き、辞書を引いているのでしょうか。多くの場合には、コンピューターの前に座って仕事や学習をしているときに、紙の辞書を使わずに、電子辞書やウィキペディアで調べるケースがほとんどだろうと思います。

辞書作りに要している時間そのものが、時代に完全に追い越されてしまう可能性が濃厚だということです。

自然の贈与

辞書作りはひとつの典型的な例ですが、これに似た仕事はまだたくさんあります。たとえば、日本的な農業は、とても手間暇のかかる、非効率的な仕事だと言えるでしょう。どんなに効率化して、無駄を省き、機械化をしても、田植えの時期は決まっており、収穫の量も一定です。せいぜい、天候の変化など自然条件によって、豊作だったり、凶作だったりという変動があるだけです。農業というものが、原初的な自然からの贈与の原理の上にある以上、自然のサイクルや、自然の変調を人為的に効率化へ向けて修正することはできない相談だからです。

ところが、当今では品種改良や遺伝子操作といった科学技術の進展によって、収穫逓減《ていげん》の法則を突破して、人為的に収穫量を増やすことが当たり前になってきました。そうなれば、人手をかけ、精魂を込めて、丹念に手入れをして、収穫まで見守るというような旧来の農法も変化していきます。

広大な土地を確保し、機械を使って播種《はしゅ》し、農薬を散布する大農法によって、人手は極限まで減らすことができる。つまり、農業も、自動車産業と同じような、工業生産の変種でしかなくなりつつあるということです。

しかし、そのようにして、収穫される食糧生産が行きつく先は、なんだかとても非人間的なものになっていくだろうことは想像できます。

まず第一に、大切に育み、苦労をして収穫した結果なのだから、食料を大切に扱うというモラルの根拠は、どこまでも希薄になり、大量消費、大量廃棄に拍車をかけることにつながるでしょう。

それと同時に、わたしたちの身体を作る食料が、いったいどこからどうやって自分の台所に届くのかが不明になり、生産者と消費者を繋ぐ連帯の糸は断ち切られることになります。
わたしは、自然の贈与を、大切にいただくということ、つまりは動物や魚が台所に届くまでには、殺生があり、それゆえに、殺生された自然の生きものに感謝しながら、大切にこれをいただくという気持ちはとても大切なものであり、動物としての人類が将来にわたって生き延びていくために大変重要な感覚ではないかと思っています。

そうしたモラルや規矩が失われた世界の中で、ひとはどのようにして秩序を作り、幸福感を実感することができるのだろうかと思います。

わたしたちの世界を形成している、基本的な資源はすべて自然であり、自然からの贈与であるわけで、本来それらには価格が付いていないのです。

野生の動物たちは、貨幣経済による交換を知らず、無一文のままでも、自分たちの生をまっとうしています。本来、生きていくために必要なものには、お金は不要だったのです。

そういった原初的な資本をビジネスが囲い込み、価格を付けて、商品にしたわけです。これからも、その動きには拍車がかかるでしょう。

なにせ、水が有料で販売されるようになり、空気まで有料化されそうな勢いなのですから。

ビジネス的な価値のないものの中に、大切なものは沢山あります。これまで述べてきた非効率的な農業生産もそうですし、辞書作りのような先の見えない仕事もそうです。

しかし、わたしはこういった先の見えない、商品価値を失ってしまうかもしれないものに、生涯を捧げるような気の長い作業を続けることが、無意味になるとは考えません。いや、それどころか、こうした、目的に永遠に到達できないような仕事こそが、本当の仕事なのだろうと思っています。そういったことが、これから先の歴史の中で、人間を効率地獄から救い出すことになるのではないかと、思うからです。だからこそ、いや、そんな理屈によって説明できない、自分の内面の声に従い、わたしたちが本当に引き継いでいかなければならない仕事に出会い、これを続けているひとびとに対して、尊敬の念を抱きます。

仕事には、ワークという言葉以外に、コーリング、ヴォケーションという英語があ

ります よね。後者は、天職と訳すべき言葉であり、わたしたちはひたすら天職を求めて生きているのだろうと思います。そうだとすれば、わたしたちが仕事をするのは、お金のためではなく、かといって天職に出会ったからでもなく、ただひたすらに、天職を探すためなのかもしれません。

言葉のあとさき
――未生の言語

世界を分節する

以前、わたしは「未生《みせい》の言語」という言葉について考えたことがあります。どういう意味かと言えば、それはまだわたしが発見していない生まれる前の言語であり、その言語によって世界がまったく違ったように見える、そんな言語のことなのです。生まれる前の言語ではあるけれども、それはすでに、言語とは別の形で、わたしたちの身体の内部に登録されてはいるのです。

言うに言われぬ感覚であったり、第六感とか呼ばれるものであったり、あるいは、もっと端的に忘れてしまった言語であったりするわけです。

詩人や作家の書いたものを読んでいて、「おお、これこそわたしが言いたかったことだ」と感じることがありますが、まさに、そのわたしが言いたくて仕方がないのだけれど、言葉にならない星雲状態のような言語。これが、わたしの言う「未生の言語」なのです。

言語の枢要な働きのひとつに、世界を分節することがあります。キャンバスの上に、水平に一本の線を引けば、そこに大地と空が現れるように、ひとつの言葉が世界に意味を与えることがあります。

そういう経験が、詩を読むという行為にはあるわけで、詩人はある意味で、「未生の言語」を初めて、音声にして出現させる者だとも言えるのではないでしょうか。

本当のことを云おうか
詩人のふりはしているが
私は詩人ではない[※7]

有名な谷川俊太郎の詩です。『旅』という詩集に入っている、短い詩「鳥羽」の一節ですが、この言葉には確かに、世界を初めて分節するような言葉の力が宿っています。

わたしは、この一言で、谷川俊太郎という詩人が、一筋縄ではいかない、言葉の魔術使いのような詩人であることに不意打ちをくらったのを覚えています。

「本当のことを云おうか」と谷川俊太郎が言ったとき、この言葉はこれまでこの詩人自身の口から吐き出されたことのない初めての言葉であることが宣言されるのですが、それに続く言葉がまったく意外なものでした。つまりは、読者に向けて、あなたが見て、読んで、聴いている作品の作者は、あなたがそうだと考えている人間ではないということなのです。

しかし、この言葉は、鳥羽の海岸に打ち寄せてくる波のような観念によってすぐさま消し去られます。そして、ひとりの詩人の言葉が嘘であるのか本当であるのかという即物的な事実を超えた、本当のことという言葉で、この詩人が何を表現したいのかという「言葉の本当の意味」が浮かび上がってくるという仕掛けになっています。

本当のことは、次のように続く詩句によって開示します。

私は造られそしてここに放置されている
岩の間にほら太陽があんなに落ちて
海はかえって昏い

この白昼の静寂のほかに
君に告げたい事はない
たとえ君がその国で血を流していようと
ああこの不変の眩しさ！

詩を解説するなんていうことほど野暮なことはありませんが、この詩が分節したのは、人間というものと、それを包み込む自然というものの原初的な関係であり、そこに想像を超えるほどの世界の深淵を開示してみせたということかもしれません。
有名な話ですが、大江健三郎《おおえけんざぶろう》が『万延元年のフットボール』の中で、この詩を引用して、次のように書いていましたね。

「これは若い詩人の書いた一節なんだよ、おれはあの頃それをつねづね口癖にしていたんだ。おれは、一人の人間が、それをいってしまうと、他人に殺されるか、自殺するか、気が狂って見るに耐えない反・人間的な怪物になってしまうか、いずれかを選ぶしかない、絶対的に本当のことを考えてみていた。その本当のことは、いったん口に出してしまうと、懐に取り返し不能の信管を作動させた爆裂弾を抱えたことになるような、そうした本当のことなんだよ。蜜はそういう本当のことを他人に話す勇気が、なまみの人間によって持たれうると思うかね」

こんなふうに、この詩を読むことも可能なのかという見本のような解釈ですが、「本当のことを云おうか」という言葉の喚起力の強さが、稀代の小説家の想像力を刺激したということなのだろうと思います。

本当のこと

大江健三郎だけではありません。吉本隆明もまた、おそらくはこの詩句にインスパイアされたような一行を書き付けています。

ぼくが真実を口にするとほとんど全世界を凍らせるだろうという妄想によって
ぼくは廃人であるそうだ

（『転位のための十篇』所収「廃人の歌」より）

おっと、これはどちらが先なのだろう。詩集『転位のための十篇』の自家版が発行されたのが、一九五三年九月です。谷川俊太郎の「鳥羽」がいつ書かれたのかはっきりしませんが、香月泰男《かづきやすお》との詩画集『旅』の出版が一九六八年なので、その前年あたりだろうと推定されます。そうなると、吉本隆明の「廃人の歌」のほうが十年以上早いということになります。谷川俊太郎の処女詩集『二十億光年の孤独』の発表が一九五二年なので、やはり吉本の「廃人の歌」のほうが先なのでしょう。

そうなると、谷川俊太郎がこの詩を書いたとき、果たして吉本隆明の「ぼくが真実を口にするとほとんど全世界を凍らせる」がすでに、頭にあったということかもしれません。ただ、谷川俊太郎の「本当のことを云おう」と、吉本隆明の「真実を口にする」との間には大きな違いが読み取れるだろうと思います。大江健三郎が引用した「本当のこと」とは、むしろ吉本隆明の「真実」に近いことがわかります。「それをいってしまうと、他人に殺されるか、自殺するか、気が狂って見るに耐えない反・人間的な怪物になってしまう」という台詞は、谷川の言う「本当のこと」よりも、吉本の言う、口にしたら世界が凍りついてしまうような「真実」のことであり、まさに世界の中で、ひとつの異和として生きていく決意のことだろうと読めるのです。

それに対して、谷川の言う「本当のこと」の中には、決意はなく、ただ、圧倒的な自然の中に放り出された人間、つまりは絶対的な孤独を表現しているように見えるのです。そして、孤独であり、無力である自分を含めて、世界を祝福しているのです。

吉本の言う「真実」が、社会性を持ったものであるのに対して、谷川の「本当のこと」は、原理的、哲学的なものだと言ってもよいかもしれません。

わたしは「未生の言語」について語りました。谷川俊太郎ほど、この「未生の言語」を紡ぎ出すにふさわしい詩人はいないでしょう。それはまた、戦後詩の歴史の中でも、稀有な、まぶしさを持った作品を次々に生み出したことによっても、際立っています。「荒地派」周辺の詩人たちが、内省的で、どんよりと暗い空の下に佇んでいるような詩を残したことと好対象をなしています。

「荒地派」の詩人たちは、「未生の言語」ではなく、「言葉が終わったところ」から書きはじめたと言うべきでしょうか。とはいえ、谷川俊太郎も、「荒地派」の詩人たちも、言葉がもはや有用性や、実効性といった機能を失ってしまうような経験の中で、もう一度言葉に自らの何かを懸けたということだけは共通しています。

その意味では「荒地派」を代表する詩人である田村隆一が書いた「言葉なんかおぼえるんじゃなかった」[※8]という一行も、谷川俊太郎の書いた「みちあふれているからことばはいらないおっとりとちぶさはむくち」[※9]も、同じ場所、つまりは「言葉が鍛えられる場所」に立たなければ出てこない言葉であるということは確かなことだろうと思います。たとえ、一方は喪失感の極限であり、一方は満足感の極限であったとしても。

言葉は自らの不在を願っている
——倫理あるいは愛

カンヌ作品の力

最近、仕事がらみでエルマンノ・オルミ監督の映画『木靴の樹』を観ることになりました。この作品は、一九七八年のカンヌ国際映画祭でパルム・ドールに輝いています。その他にも、同年のセザール賞外国映画賞や、NY映画批評家協会賞外国語映画賞、英国アカデミー賞ドキュメンタリー賞など、数々の賞に輝いた名作です。

とはいえ、わたしは最初、なかなか映画に入り込めず、いったい、ひとびとはこの映画のどこに感動したのだろうかと訝しい気持ち半分で、観進めていきました。映画は、余りにも淡々としており、そっけないほどに過剰を排除し、あたかも、ドキュメンタリー映画のように筋書きを見せずに進んでいきます。この映画はノンフィクションではないのですが、英国アカデミー賞ドキュメンタリー賞を受賞したというのも、うなずけるのです。

作品発表から約四十年を経て、日本でまた公開されるということなのですが、果たして現代の日本で、この作品が受け入れられるのかどうかは、微妙なところです。その意味でも、わたしもまた現代という病に侵されているのかもしれません。映画がはじまって三十分ほどは、なんとなく退屈な感じで、集中することができませんでした。

ただ、カメラが切り取る画面には、バルビゾン派の絵画のような不思議な美しさが漂っており、わたしは「こういう風景はどこかで見たことがある」と感じてもいました。それは単に、同じような絵画を見たということではないし、同じような現実の光景を見たということでもなく、同じ空気を吸ったことがあるとでも言うしかない不思議な既視感でした。

映画の舞台は、十九世紀末の北イタリア、ロンバルディア地方のベルガモです。とはいっても、わたしには、場所も不明瞭であり、この地域の歴史についてもほとんど何も知りません。それがどんな時代であり、ひとびとがどのようにして生活し、どんな経済が地域を支えていたのかについては、想像するのも困難なほど遠い昔の、遠い場所の物語なのです。

映画が進むにしたがって、わたしは次第に画面の中に引き込まれ、自分がその中で息を潜めながら登場人物たちの所業を見ているかのような気持ちになりました。オルミ監督は、この映画によって何を訴えたかったのでしょうか。わたしが感じていた既視感はどこから来ているのか、そしてこの映画が、四半世紀前のカンヌで何故、あれほどの称賛を勝ち得たのか、その秘密について書いてみたいと思います。

映画の冒頭で、この映画に出演している役者は、素人の農民であることや、映画の中の村落共同体の土地、住居、畜舎、樹々は、すべて地主のものであり、収穫の三分の二は地主のものとなることが説明されます。

地主に搾取され、貧しさの中で生きている農民たちの映画なのです。

登場人物は、村落共同体を形成する四つの家族のひとびとであり、かれらは生き延びることに汲々とした極貧の生活を営んでいます。

かれらは総じて寡黙であり、その日常には、ほとんど言葉がありません。あるいは、言葉を必要としない世界に生きていると言ってもよいかもしれません。

川辺で小さな収入のために、洗濯を請け負っているアンセルモ家の未亡人は、子どもの食い扶持を確保するのさえ困難なほどであり、神父は見かねて養父母先の当てがあることを夫人にそっと告げますが、この未亡人は返答を留保し、長男に相談します。長男は自分が働いて食わせていけると言い、養子に出すことに反対し、未亡人もそれに従います。

バティスティ家の父親は、神父に言われて、長男ミネクを学校に行かせることにしますが、これがまた経済的には悩みの種になっています。

この共同体の子どもたちは、学校に行くということも困難なほどの、困窮生活のなかで生きているわけです。それでも、子どもたちの表情に屈託はありません。

フィナール家のおやじは、祭りで拾った金貨を馬の蹄の中に隠すのですが、ある日それがなくなっていることを知って、半狂乱になり、祈禱師によって介抱されるはめになります。

ブレナー家の美しい長女マッダレータは、村の若く朴訥な青年ステファノに言い寄られ、やがて結婚し、ミラノまで新婚旅行に出かけていきます。せっかくの都会ですが、ミラノを楽しむことはできずに、修道院を訪ね、そこで尼僧をしている親類から孤児を押し付けられてしまいます。

この映画を構成するエピソードは、この、アンセルモ家、バティスティ家、フィナール家、ブレナー家の四つの家族に起きる小さな出来事だけなのです。

鵞鳥《がちょう》の首を刎《は》ね、豚をつぶして料理を作るのがこの共同体のご馳走であり、共同で豚を殺し、捌く。お産があればそれぞれの家の女たちが手伝う。助け合わなければ生きていけないことを知っており、お互いがお互いを必要としている世界に生きているのです。

貨幣、技術、言葉

オルミ監督は、それぞれのエピソードをドキュメンタリーのような手法で撮影しています。素人の農民を役者に起用しているのも、この映画にリアリズムを与えています。そして、いくつかの例外を除けば、農民たちは驚くほど寡黙です。例外は、毎晩の食事の後に、すべての家族が一堂に集まり、代表の誰かが怖い話や、昔話を聞かせるときだけです。このときは、子どもたちは目を輝かせ、話者も自分の芸の見せ所とばかりに、声に抑揚をつけて演じます。まだ、テレビがなく、ラジオも普及していない村だからこそ、こうした寄合いは貴重な情報源であり、娯楽となっているわけです。

この風景が、わたしたちに、どこかで見たことがあるという気にさせるのは、わたしたちが忘れてしまった自分たちの姿を、幾分かの慚愧と郷愁を伴いながら、そこに投影することができるからではないでしょうか。一九五〇年代、わたしの実家には、工場を経営していたこともあって、周囲よりも早くテレビが入りました。毎週金曜日の晩になると、工場の二階のテレビのある部屋には、工員や近所の人々がプロレス中継を観るために集まってきました。プロレス中継がはじまる前は、ちょうどこの映画の寄合いのように、誰かが話題の中心になって、笑い合ったり、深刻な顔で話し合ったりしている光景がありました。私たち子どもは、食い入るようにして大人たちの話を聞いていたのです。

家族も、村の共同体も、わたしたちが生き延びていくためには、どうしても必要なものでした。プロレス中継で聞こえてくるアナウンサーの声をひとつ漏らさず聞き取るために、大人たちも、わたしたち子どもたちも、画面に注意を集中し、眼を輝かせていたはずです。あのとき、自分たちは、どんな眼をしていたのでしょうか。『木靴の樹』での共同体の寄合いで、身動きせずに固唾をのんで話に耳を傾けている少年や少女の眼の輝きは、工場の二階でテレビに集中していたわたしたち子どもの眼の輝きと同じものだったはずです。

しかし、わたしたちは、あの頃のことを、概念としては知ってはいるし、ときどきは、写真を取り出して、懐かしむこともありますが、ほとんどの場合は忘れており、忘れ去ったことさえも忘れています。

わたしは、昔はよかったとか、懐かしいという感情について語りたいわけではありません。

わたしが語りたいのは、「倫理」というものの在り処についてなのです。

「倫理」などと言えば、道徳臭がして、好んでは使いたくない言葉であり、ここでそんなことを言うのは少しばかり唐突なのは承知しています。ただ、人間というものが今よりも尊大ではなく、自然に対する慎み深さというものを共有していた時代の価値観のなかに、特別なものがあり、その特別なものに対しては適切な呼び名がないのです。

ひとと ひとを結ぶもの

この映画を見ていると、あの頃の自分たちが呼び戻されるように感じます。映画の中で生きているひとびとに共感し、喜びを分かち合い、共に悩んでいるのは、この映画の映像によって呼び戻された、わたしたちの中の、忘れ去った自分なのではないでしょうか。

原理的なことを言えば、あらゆる動物にとって、生きていくための資源は、本来はすべて無償であったはずです。水も、空気も、植物も、動物も、自然からの贈与物であり、ひとびとはその贈与を行う者に対して、感謝をささげ、祈りをささげて生きていました。自分たちが生きていくためには、動物の首を切り、血抜きをし、吊るして内臓を抉《えぐ》り、肉を捌《さば》かなくてはなりません。誰よりも早く収穫するためには、肥料を工夫しなくてはなりません。それらのことは、人間と自然の間の直接的な交換であり、貨幣経済が介在しているわけではありません。人間は自然の純粋な贈与物に感謝しながら生きていくほかはなかったわけです。物質的には、決して満ち足りてはいませんが、共存し、饒舌ではないが明確な意志で生活を築き、自然との調和を図っていました。

その安定をかき乱すのはいつも、「貨幣」であり、「技術」であり、「言葉」です。それらはすべて、交換の速度を速めるためのものでした。ベネディクト・アンダーソンが言うように、資本主義を発展させた原動力は、印刷技術の発展であり、言葉の共有による共同体の発生こそが国家の起源的形態だったのです。近代の発展は、プリントキャピタリズムの発達を除いては考えられません。

言葉の普及は、文明を推し進め、文化を生み、経済を発展させましたが、いくつかの大切なものを置き去りにしてきました。その最も大きなものは、寡黙さの価値でした。ひとは、言葉によって信頼を作り出し、言葉によって紛争も作り出したのです。言葉はいつも、真実と共にあるわけではありません。ときに、嘘をまき散らし、相手を傷つけ、問題の種を育ててしまいます。

野生の動物たちは、言葉がなく、貨幣もありませんが、生き延びるすべを知っています。貨幣も、言葉も、文明も、人間の歴史と同じだけ古く、しかも一方通行的に進化していくものです。エルマンノ・オルミは、そうした原初的な人間と自然をかき乱すものの象徴でもある、貨幣や、地主や、都市というものを声高に批判することはしません。

この映画の中でも、それらのエピソードは背景的なものに過ぎず、前面に押し出されるのは、貧しいひとびとの善良さであり、優しさであり、強さです。映画のラストで、ミネクの父親が、息子の壊れた木靴を作るために、地主の樹を切ったのがばれて、一家もろとも村落共同体から追放される場面があります。

ここでも、このバティスティ家のひとびとの目に、不条理への怒りはなく、悲嘆の涙もありません。もちろん、失意と不安はありますが、それが宿命でもあるかのように、受けるしかありません。他の三家族が窓越しに見守る中、ひっそりと荷物をリアカーに積んで、集落を出ていくのです。この上なく悲惨であり、もの悲しいシーンですが、同時に、不条理を受け入れながら、肩を寄せ合い、お互いを助け合いながら、生き延びていく家族の、強さも感じます。追放される家族のやりきれなさにも、それを見守る他の家族の切なさや不安に対しても、救いの手は差し伸べられません。人生は残酷であり、不条理に満ちていますが、それらを見つめる視線には、その残酷さや不条理を生きるひとびとに対する深い愛情があります。

オルミ監督のカメラこそが、その視線であり、無感情なドキュメンタリーのように、その光景を追っていくのですが、視線の先には常に、深い愛情が注がれています。この作品を観る観客の視線も、この監督の視線と一体化し、もはや傍観者であることを離れて、彼らの隣人のように、窓の隙間から、追放される家族の行く末を案じているのです。

この映画を特徴づけているのは、登場人物の寡黙さです。この映画のポイントは、自然と人間との関係であり、家族の中での親と子、夫と妻の関係であり、共同体の中での家族同士、子どもたち同士の、原初的な関係です。ひとはどうやって、ひとと結びつくのか。

それは、この映画の中ではやや異質なエピソードである、マッダレータとステファノの出会いと、結婚までの道筋にも色濃く反映されています。それぞれの関係性をささえているのは、言葉ではありません。言葉が介在しなくとも、通じ合えるものが、それぞれの関係性を支えているのです。

わたしたちが、自らの文明的進展の中で忘れ去ったもの、あるいは、貨幣経済の陰に隠されて見えなくなっているもの、それをわたしは「倫理」と言いましたが、むしろ、そこに与えられる言葉は「愛」というほうが適切かもしれません。

言葉が介在しなくとも、通じ合えるものがあるとすれば、それは「愛」しかあり得ないからです。そして、言葉は究極のところ、自ら消え去ることを望んでいると言えるのかもしれないと思うのです。

ある意味で、言葉が隠蔽し続けているのは、「愛」だからです。

遺言執行人

――死者の声を聴きながら

絶望や、虚脱や、美意識

これまで、共著を含めれば二十冊ほど本を書いてきましたが、自分が最も書いてみたいと思っていた題材に関しては、距離を置いてきました。それは、二十歳の頃に熱中して読んできた現代詩に関することです。何故、現代詩についてこれまで踏み込んで書いてこなかったのか。その理由は、一言では語れないのですが、ひとつはわたしが、単なる詩の読者であって、詩の研究者でもなければ、専門家でもないということです。ただ好きというだけで一冊の本を書くということに、何となくためらいがあったからです。詩についてわたしが何か書いたものなど誰が読みたいと思うだろうかということもありました。商業的に見ても、詩集や詩に関する本は最も売れない部類のものであり、編集者からの強いオファーもなかったということもあったと思います。

あるとき、この本の編集者である大和書房の長谷川恵子さんが、わたしのオフィスにやってきて、書き下ろし作品を書くようにオファーをしてくれたのですが、そのときはすでに複数の出版社からの何冊かのオファーを承諾してしまっており、最初はお断りしたのですが、どうしても何か書いてくれないかとねばります。わたしは、何と答えてよいかわからず、つい、連載の形で、月に一本ずつならなんとかやれるかもしれないと言ってしまったのです。

もし、何か書けるとすれば、それは言葉についてのコラムのようなものであり、個人的なことについて書くことになるかもしれない。そして、あまり反響は期待できない内容になるかもしれないと答えたのです。随分と、腰の引けた返答でした。実は、それで諦めてもらえるかという微かな期待もあったのですが、そのとき長谷川さんは涙を浮かべて喜んでくれたのです。

そんなわけで、本書の元になった連載『言葉が鍛えられる場所』はスタートしたのですが、その連載には、ちょっといつもとは違う反響が返ってきました。これまでわたしが書いてきたのは、経済的なエッセイや、小商い関係のビジネス哲学のようなもの、そして一冊だけ書いた介護の本であり、詩評のようなものはありませんでした。

本書は、すべてが詩に関するものではないのですが、それでもこの機会にわたしが関心を寄せている詩について書いてみるいい機会となりました。その結果、この連載は、これまでの読者とはすこし異なる、詩に関心のある方が含まれることになったのです。

わたしにとって、詩とはどんな意味を持っているのか。おそらく、わたしは、何かのきっかけで手にすることになった鮎川信夫や、田村隆一という「荒地派」の詩人たちの作品との出会いがなければ、これほど詩に関心を寄せるということはなかったのではないかと思います。

それまで、詩といえば、三好達治《みよしたつじ》や、島崎藤村《しまざきとうそん》や、中原中也《なかはらちゅうや》などの、教科書に載っているような典型的な抒情詩か、堀辰雄《ほりたつお》や立原道造《たちはらみちぞう》といった、『四季派』の詩人たちの作品しか知らず、詩というものはなんとなく、抒情詩のことだと思っていました。

それらは、若年のわたしにとって、心惹かれるものではありましたが、一服の清涼剤といった趣で、それ以上につきつめて考えるということはなかったように思います。今読めば、それぞれ、非常に深みのある、一筋縄ではいかないものだとわかるのですが、二十歳の青年が、これらの詩人の作品が持つ、絶望や、虚脱や、美意識というものを理解するのは、難しかったのかもしれません。もっと直截で、もっと現実に相まみえるような言葉を必要としていたともいえるでしょう。

そんな折、吉本隆明の全集が家に届き、そのうちの「初期詩篇」の巻を読んで、わたしはたちまち引き込まれることになります。とくに、『転位のための十篇』に収められたいくつかの詩は、青二才の脳天を直撃しました。有名な詩なので、ご存じの方も多いだろうと思います。

たとえば、その詩はこんなふうに始まっていました。

あたたかい風とあたたかい家とはたいせつだ※10

そして、こんなふうに終わります。

だから　ちいさなやさしい群よ
みんなひとつひとつの貌よ
さようなら

その詩は「ちいさな群への挨拶」と題されていました。ほとんど、解説の必要もない、わかりやすい詩です。ここには、社会の中で孤立しながらも、因習を断ち切って自立していく決意があります。

求めるために、別れを告げる

さて、そう書いて、わたしはちょっと考え込んでしまったのです。もし、この詩を単に、微温的な生活に別れを告げて、闘争（おそらくは政治的な闘争）へと踏み出していく決意表明のようなものとして読んだとすれば、これほどわかりやすい詩はないわけですが、そこにはどんな深みも、詩魂も、ないように思えるからです。

それにもかかわらず、わたしはこの詩から大きな衝撃を受けました。いったい、その衝撃とは何だったのかと考えます。

その答えは、第一行にあります。「あたたかい風とあたたかい家とはたいせつだ」この一行の中に、わたしたちが本来必要としており、求めなくてはならないもののすべてがあります。思想家であり、社会運動にも関わっていく詩人が、その決意のとば口において、書き付けた一行が、この詩全体に強い緊張感を与えているのです。この詩は、そのもっとも重要なものを求めるために、当の重要なものに別れを告げるという構造になっています。「ちいさなやさしい群」とは、読者のひとりひとりであると同時に、この詩人でもあるわけです。この詩が、際立っているとすれば、それはこの詩人が自ら否定しようとしている対象を、同時に愛しく思っており、優しいまなざしを向けているというところにあります。それが、吉本以前の、抵抗詩や、プロレタリア詩から、この詩を隔てているすべてだろうと思います。

この詩に出会った頃、わたしは自分が、父親の経営している工場を継ぐかどうかで迷っていました。中途半端な気持ちのままで、大学は理工学部に進学するのですが、大学卒業後は、結局工場は継がずに自分で翻訳の会社を立ち上げることになりました。今でも、父親の気持ちを思うと、ちょっと疼くものがあります。

大田区の町工場だったわたしの実家は、わたしにとってはまさに「あたたかい風が吹く、あたたかい家」でしたが、同時に「日本封建制の優性遺伝子」※11と吉本隆明が言うところの、権威主義的で、因習的な空気が充満し、界隈の雰囲気も、世間体ばかり気にするような隣組的価値観を帯びた陰湿さがありました。もちろん、それはこの封建的な価値観をただ、否定的に描写すればこうなるということですが。わたしは、そうした権威主義的家族主義が嫌で嫌でたまらなく、とにかくその場を脱出しなければならないと考えてもいました。

しかし、後年、父母の介護のために何十年ぶりかで実家に戻ってみれば、かつてあれほど嫌っていたものの中に、大変重要なものがあったことを思い知ることになったのです。今思えば、わたしは、父親の工場の周囲にあった日本封建制の優性的な遺伝子が作り上げている空気を、憎んでいると同時に、自らもその空気を内面化していることに、半ば気付いていたのかもしれません。

吉本隆明のこの詩の第一行には、そのアンビバレント（両義的）な気持ちが、見事に表出されていたわけであり、だからこそわたしは、電撃的なショックを受けたのだろうと思います。

吉本隆明の初期の作品は、左翼的な詩壇からは評価を受けず、思いがけなくも鮎川信夫や田村隆一らが主導する「荒地派」の詩人たちから高い評価を受けることになりました。そして、一九五四年の荒地新人賞を受賞しました。

自分の証明

わたしは、吉本つながりで、「荒地派」の詩人たちの作品を読むようになるのですが、これがまた、それまでわたしが知っている詩とは、似ても似つかないものでした。同人誌『荒地』は一九四七年の創刊で、まさに、戦地から引き揚げてきた若者たちが、荒地に戻ってきて、言葉を紡ぎ出すことで自らの存在を確かめるといった趣であり、戦後の空気が濃厚に漂う優れた作品を生み出しました。かれらにとっては、戦後戻ってきた荒地は、言葉などいかなる腹の足しにもならず、いかなる有用性からも隔てられた場所であり、それゆえに「言葉が鍛えられる場所」であったわけです。

かつて、詩人の谷川俊太郎さんと、ラジオで対談する機会があり、そのときにわたしは、荒地派の詩人たちは、谷川さんのような根っからの詩人というわけでもないし、詩才に恵まれたひとたちでもない普通の人たちであり、言葉を失えばもはや自分たちがだれであるかを証明するなにものも持たないひとたちではなかったかと言ったことがあります。ちょっと失礼な言い方だったかもしれません。谷川さんは、当時、「荒地派」とは別に、すでに名を成した詩人であり、「荒地派」のひとびととも座談会や合評会などで親交がありました。わたしのこの分析に対して谷川さんがどんな感想を漏らしたのか忘れてしまいましたが、そのあとの会話がとても親密で、愉快なものになったところをみると、それほど的外れではなかったようにも思います。

とにかく、わたしには、「荒地派」のひとびとは、それまでの詩人という特別な才能の持ち主とは別の、もっと身近にいる兄貴分のような印象だったのです。

しかし、この兄貴たちは、わたしなどからは想像もつかないような辛く、苦い経験を経て、言葉にたどり着いたということだけは、はっきりと理解することができました。そして、当時のかれらが、自分と同じような年代ではあっても、はるかに大人であることにも、驚いたのです。いったい、それはどこから来るのか。

かれらの中で、最も大人の風貌をしていたのは、後年、堀田善衛《ほったよしえ》が『若き日の詩人たちの肖像』の中で、「良き調和の翳」とあだ名した鮎川信夫でした。

一九六七年に鮎川は「小自伝」なる文章を書いています。その中で、ちょっと興味深いことを書いている。

「これ以上、自己について語れといわれても、いまの私は、語るべき何ものも持合せていない。戦後のこととなると、思うだけでもおっくうである。どこをどうくぐりぬけて現在に至ったとしても、いまの私はすくなからずくたびれている。いづれにしても無用の人の自伝などに作品以上のものが見つかるはずはない。『なぜ作品を書いてきたか?』と問われれば、『ほかにする仕事がなかったから』というのが、いちばん正直な答えのようである」

鮎川は一九二〇年に、小石川で生まれています。だから、この文章を書いたときは四十七歳。わたしは、自分と引き比べてみても、この老成に驚くのですが、少なくとも、この文章には韜晦《とうかい》の気味はないと言ってよいだろうと思います。つまり、かなり正直に当時の鮎川の気持ちを書いているということです。

では、鮎川はそもそもどんな詩を、どんな形で書いてきたのか。詩の読者ならば、おそらくは誰でも知っているフレーズですが、この歳になって読んでみると、鮎川信夫という詩人が、どんな「場所」で詩を書いていたのかが理解できるように思います。

たとえば霧や
あらゆる階段の跫音のなかから、
遺言執行人が、ぼんやりと姿を現す。
——これがすべてのはじまりである。

（「死んだ男」詩集『橋上の人』所収[※12]）

この詩は、戦争で死んだMに向けて書かれるという体裁をとっています。Mとは、鮎川信夫とともに、「荒地」を立ち上げた詩人仲間であり、鮎川の盟友であった森川《もりかわ》義信《よしのぶ》です。

森川は「勾配」や「哀歌」といったという優れた詩を残しましたが、学校を落第していたために、若くして兵隊にとられ、仏印進駐からビルマへまわり、昭和十七年八月十三日ミイートキーナで戦病死しました。森川は、故郷丸亀の役場に、簡単な走り書きのような遺書を委託しており、彼の母親の手紙とこの遺書は鮎川に届けられます。そのとき、鮎川の入隊も一か月後に迫っていました。

このとき、鮎川はその代表作となる「橋上の人」を書いていました。

鮎川は、出兵して戻らなかった盟友に対して、自分が生き残ったことに対する罪悪感のようなものがあったのかもしれません。

以後、鮎川は、上記のような決意と自虐を内包するような独特の暗さを持つ作品を書き続けました。

明らかに、鮎川信夫は、ひとりの「遺言執行人」として詩を書き続けたのだろうということなのです。

老成した詩人は、自ら遺言を書くようなつもりで、詩を書くということはあるだろうと思います。それは自然なことであり、そのような詩は書かれる必然性もあり、読む価値があるでしょう。

しかし、鮎川信夫は、二〇代においてすでに、遺言としてではなく、遺言執行人として詩を書いたということなのです。これは、かなり稀有なことではないでしょうか。つまり、この詩にあるように、鮎川は「霧や階段から」姿を現す無数の遺言執行人の代表として、詩を書かねばならなかったということです。それは、あたかも、鮎川自身というよりは、鮎川の身体を使って、遺言執行人が書かせたというような響きを持っています。

鮎川だけではありません。この鮎川が立っていた場所は、当時の、戦地から戻った青年たちにの共通の場所だったのだろうと思います。

死者の声を聴きながら書くということが、当時の「荒地派」の詩人たちに課せられた宿命のようなものだったのではないでしょうか。かれらは、それを自分たちの義務であり、その義務を果たさなければならない理由を持っていたということです。そして、かれらが若くして大人にならざるを得なかった理由も、そこにあったのではないかと思うのです。

言葉の不思議な性格
――あとがき

何としても思いを届けたい

本書は、言葉についてわたしが、経験し、その都度感じたことなどを綴ったものです。そして、その考察は「言葉が無力にならざるを得ない場所」をめぐって展開されたものになっています。言葉が鍛えられるのは、言葉が有効に相手に届き、相手が気持よくその言葉に反応する場所ではありません。たとえば、友人同士の無防備な会話や、政治党派や、宗教団体や、運動倶楽部といった、綱領や目的を同じくする仲間うちでの会話において、言葉はほとんど空気のようなものであり、言葉の無力さを意識するなどということはめったにありません。そこでは言葉はただの道具に過ぎません。

言葉が鍛えられるのは、ほとんどの場合、言葉が通じない場所においてなのです。「鍛えられる」とは、やや奇妙な言い方ですが、言葉というものが、単なる情報交換の道具であることを超えて、複雑な色合いや、含みを持って輝き出すことがあるということです。そのとき、ひとは初めて、言葉というものが案外複雑なものであり、一筋縄ではいかない厄介なものであることに気付きます。言葉が何かを明らかにするようりは、何かを隠蔽することもあるのです。いや、こちらの方が、言葉の本来の役割であるかのように感じるときもあります。

そういう言葉の不思議さについて思いをめぐらし、挫折を繰り返しながら、言葉に生命が吹き込まれるということがあると、わたしは思います。

何を言ってもわかってもらえない。勝手に誤解をして気分を害される。こちらの言い分など何も聞いてくれない。言えば言うほど相手を怒らせてしまう。そんなことは、誰にでも日常的に経験していることだろうと思います。

多くの場合、ひとはあきらめ、沈黙し、相手の前から立ち去ってしまうことになります。

しかし、それでも、言葉がうまく通じない他者と何事かを共有しなければならないとすれば、たとえば、その相手が自分の子どもであったりすれば、何としてもこちらの思いを言葉に乗せて、届けたいと思うかもしれません。

そういうときにこそ、わたしたちは、言葉を意識し、言葉を工夫し、言葉の効果について学べる、「言葉が鍛えられる場所」に居るのだということです。

本書では、いくつかの「鍛えられた言葉」としての試作品をご紹介しています。もちろん、わたしの好みということもあるのですが、本書で引用している詩は、いずれも表面上の意味とは別に、一筋縄ではいかない含意が隠されているものばかりです。

わたしたちは、言葉の表面上の意味を楽しみながら、同時にそれらの言葉が密かに覆い隠そうとしているものを発見する喜びを共有できればと思います。

青年期の自分と出会う

もうだいぶ昔のことになりますが、二十八歳のとき、わたしは自分のノートに書き綴っていた言葉をまとめて、一冊の自家製本を作ろうとしたことがありました。

政治的にか、倫理的にか、理念的にか言葉を発することはある意味ではたやすいことであり、誰もが日常的にはそうしている。しかし自分で自分に信じられる言葉だけを発するということは誰にとっても易しいことではない。これは自分の言葉に確信を持っているかどうかということを意味しない。政治的な確信、倫理的な確信、理念的な確信というものは、自分を棚上げにしたところで持つことは可能であるからだ。ひとは自分で自分に対してそれを信じていなくとも確信を表明できるし、確信のない言葉もあるとき語らねばならない。言葉に対する過大な評価も軽蔑も、ここに起因している。

若いときの文章なので、なんだか肩に力が入っていますが、わたしはこの文章を書いたときの気分を今でも持ち続けています。成長がないと言われれば、それまでなんですが。

自分の発している言葉というものが、本当に自分が相手に伝えたいことなのか、それともただ、自分の中から湧出してくる感情の吐露でしかないのか。

相手の応答の言葉は真意を運んでいるのか、それとも相手は何かを隠すために、言葉を用いているのか。

普通は、そんなことは考えません。

ある年齢に達すれば、言葉というものの可能性も限界もわかってくるものです。

しかし、経験も知識も不十分な青年期においては、自分が自由に使えるものは言葉しかありません。言葉にすがりつき、それゆえに言葉に裏切られるという体験の繰り返しが、青年期というものの特徴です。

そして、この言葉に裏切られる経験は、言葉は信ずるに足りないという傲慢となり、ときに沈黙し、ときに必要以上に饒舌になったりするわけです。

二十歳そこその青二才であったわたしも、無知と傲慢によって言葉を軽蔑していました。

もう少し厳密に考える必要がありそうだということで、言語学の本も何冊か読んでみました。それで、何かがわかった気になったけれど、本当は何もわかっていませんでした。あたりまえですよね。言語学を学ぶということと、実際のコミュニケーションの場で起きる問題について考えるということは、ほとんど関係のないことですから。

そんなわけで、言葉についてどれほど勉強しても、実際のコミュニケーションの場においては、いつも何か大きなガラス板のようなものが間に立ちふさがっていて、自分の言葉が相手に届かないという思いは消えることはありませんでした。

この他者との間に挟まっているガラス板は、まるで偏光ガラスのように、わたしの言葉を捻じ曲げて相手に伝え、相手の言葉もまたその意味を歪ませてわたしの心に届けられてくるという思いが去らなかったのです。

どこまでいっても、相手の言葉の核心には触れることができないし、自分の言葉の核心も相手には届かないとすれば、ひとは沈黙を選ぶしかないでしょう。饒舌もまた、戦略的な沈黙と同じです。
そういう時期が、誰にでもあると知るのは、それから何十年か後になってからです。
さきほどの自家製本の中で、わたしは、この疎隔感についてこんなことも記しました。

誰でもが通過しなくてはならないこれらの事実の前で言葉はあるときまったく無力なものとならざるを得ないということである。

もってまわったような言い方ですが、それはわたしの性格によるものです。ここで言っている、誰でもが通過しなくてはならないこととは、友人の「死」と、自分の「結婚」と、子どもの「誕生」のことを指しています。当時のわたしにとって、二十歳から三十歳までの十年間に起きたこれらの「事件」について、それをどのように言葉にしたらよいのか、まったく考えあぐねていたのです。病を患って死を前にした友人の前で、わたしは語りかけるべき言葉を失いました。その少し後、出自も生活背景もまったく異なる女性を娶って、わたしは自分の手持ちの言葉が、彼女の前でどれほど無力かを痛感せざるを得ませんでした。そして、まだ言葉を発しない、泣き叫ぶ自分の子どもの前で、わたしはほとんど為すすべがありませんでした。子どもを抱っこしながら、わたしは糊口をしのぐための学習塾を自宅で行い、先行きの見えない生活の中で妻と口論を繰り返しました。

ここでは、ある意味では言葉（想像力・イマージュ）の通りに進行するものは何もないといってよい。なぜなら、これらの事実を謂わば生活の根底をなすものとして見るなら、言葉は無際限に広がってゆく〈観念の世界〉に属しており、生の限定そのものである〈生活〉の中には属していないからだと言えるかもしれない。ここで言葉を軽んずるか、沈黙するか、語り続けるかは各人の選択にかかっている。しかし、言葉が届かぬ領域があり得るという認識は、言葉にとっては始まりにある認識であって、目的ではあるまい。本や旅行から得られる識知や見聞をいくら積んでも言葉が鍛えられるわけではない。言葉が鍛えられるのは、ただ言葉が無力にならざるを得ぬ場所に於いてである。

慧眼の読者は、この文章が吉本隆明の強い影響の下で書かれたことにお気付きだろうと思います。気恥ずかしいことですが、確かに、あの頃のわたしは、多くのことをこの思想家に教えてもらい、その生き方に魅了され、その語り口を模倣していたのです。ここで、語られていることもまた、吉本さんが書いたいくつかの章句のパッチワークのようなものになっているに違いありません。

皮肉なことですが、コミュニケーションの不在について書かれた先達の言葉の断片は、確実にわたしに届けられ、わたしの内部に、ひとつの思想のようなものとして残留していったのです。

「身近なひとの言葉は退けられ、遠くのひとの言葉は届けられる」

これもまた、吉本さんが「遠隔対称性[※13]」という言葉についての見事な解析で、説明してくれたものです。そんなわけで、この先人からの借り物だった思考方法は、その後何十年ものあいだ、自分にとっての、コミュニケーションの規範のようなものになりました。

すでに、三十年以上も昔の、自分の頭脳の中を駆け巡ったひとつの考え方が、その後のわたしを呪縛し続けたのです。

模倣が、自分の中で血肉化するまで三十年が必要だったと、言い換えてもよいかもしれません。その三十年とは、まさに言葉が無力にならざるを得ない場所で逡巡した経験が堆積するために必要な時間でもありました。

愛と義務

結婚をしてからの数年間、わたしは女房と何かにつけて言い争いをしたものです。生活環境も、生まれた年代も異なる異性間においては、ひとつひとつの言葉が持つ意味は驚くほど隔たっていました。

そんなことは、結婚する前に気付きそうなものですが、恋愛期間中というのは差異を見るよりは同質性ばかりを探し求めているという経験は、誰にでもあることですよね。

もちろん、言葉のもっとも単純な部分に関しては、お互いにその意味を共有しているわけです。それがなければ、お互いに意味のわからない外国語で喚き合っているようなもので、そもそも恋愛もなければ付き合いもはじまりません。

わたしは女房と、結婚前の数年間はお互いに、自分に必要な人間であると思えるほどには意思の疎通ができていました。いや、できていると思っていました。それが幻想であるとわかるまでに多くの時間を必要としませんでした。実際のところ、恋愛とはほとんど幻想であり、惚れた相手というのは、自分が目の前にしている生身の人間というよりは、妄想の中で作り上げてきたいわば理想の女性であり、わたしは自分勝手に作り上げてきた理想の女性と対話していたということなのでしょう。

わたしたちは、ダイアローグをしているつもりで、お互いのモノローグを交換していたのです。相手のモノローグを愛おしいと思える時間は、そう長くは続きません。わたしは、女房になる女を確かに愛していると思っていました。だから結婚したのです。

しかし、この「愛している」は、実際の生活の中ではほとんど何の実効も生み出さないことを知ることになりました。

「愛の不毛」なんてことを言いたいわけではありませんよ。

夫婦仲がよくないなどと露悪趣味で言っているわけでもありません（実際のとこ

ろ、仲はいいのです)。

「愛している」ということと「生活」との間には、目に見えない懸隔が広がっているということが言いたいだけです。

実際に生活が始まると、ほんのささいな事柄においてさえ、意見が食い違うことがしばしば起こるものです。意見が食い違うと言いましたが、実際には食い違う以前の問題があるのかもしれません。意見が食い違うためには、その意見に至るロジックが、相手のそれと噛み合わないということがわかるほどには、言葉が通じている必要があります。まわりくどい言い方で申し訳ないのですが、口げんかの原因とは、そういったロジカルな部分にあるわけではなく、むしろ言葉以前の感じ方、価値観が問題だったということです。

それはむしろ、好き嫌いの問題に似ていました。

わたしは、豪華なレストランでの食事よりは、下町の食堂の味を好みます。

瀟洒なマンション住まいなどしてみたいとも思いませんでした。

パリやローマを旅するよりは、岩手や青森の鄙びた温泉旅行をしてみたいと思っていました。だから、新婚旅行は妻が学生時代に生活していたヨーロッパではなく、冬の北海道二泊三日の観光パック旅行を選びました。

別にわたしがストイックだったということではありません。むしろわたしは、自分が浪費家の部類であり、新し物好きな俗物であることを、後年発見することになるのです。

だから、右に書いたようなことは、ただわたしの趣味であり、好き嫌いに過ぎません。

いや、本当は好き嫌いでもなく、わたしは自分がそのような人間でありたいと思っていただけなのかもしれません。吉本さんはこれを自己幻想と言いました。わたしは、それを自分の好き嫌いであるというように、自分を欺いていたのでしょうか。

その点では、女房はわたしよりも少しだけ自分の欲望に正直でした。

しかし、こういった日常的な部分における感覚の違いは、生活を共にする場合には結構大きな障害になるものなのです。

わたしが、こうしたいと思っているそのすべてにおいて、何故そうしたいかの説明をしなければならないのです。ところが、自分では何故そうなのかをうまく説明できないのです。そもそも、好き嫌いには理由がありませんよね。

もしそれでも理由を見つけ出そうとすれば、そこに思想的な問題を引っ張ってきたり、お門違いな倫理問題を援用したりということで、本来の好き嫌いとはまったく別の文脈について語りはじめることになってしまいます。

こういったちぐはぐな経験を重ねていく中で、わたしは、日常生活において大切なことは、大きな思想の合意ではなく、些細なことについての共感であると思うようになりました。

そして、少しの義務です。


少し前に、わたしが父親の介護に関する本を出版したときに、作家の関川夏央《せきかわなつお》さんが書評を書いてくれました。そのなかに、はっと胸を突く言葉がありました。

「義務は愛よりも信ずるに足る」

「大事より些事が大事」

関川さんが言わんとすることを、わたしは即座に了解しました。

わたしの了解は、関川さんの書評のロジックについての理解というよりは、かれの

「言葉に対する悟達」についての了解であったと思います。悟達?

それをうまく説明するのは難しいのですが、わたしはかれの言葉から、「言葉について、躓《つまず》いたり、傷ついたりした経験を持つ人間だけが到達する場所」について教えてもらった気持ちになったのです。

子どもが父親の介護をするということは、そこに愛があるからではありません。親が子の面倒を見るのは、まさにそこに愛があるからであり、法律にも書いてある義務です。しかし、通常、子が親の介護をすることは義務だとは思われないかもしれません。法律で規定されているわけでもありません。しかし、法律には書かれてはいなくとも、倫理的な「義務」なのです。

親を介護する子どもは、義務感からしぶしぶ介護に向かうというのが、実際のところでしょう。本音を言えば、なるべくこんな面倒な、労力と時間のかかることはやりたくはありません。避けられるなら避けて通りたいと、誰もが思うのではないでしょうか。

実際のところ、わたしが父親の介護に就いたのは愛というよりは、義務感からでした。

わたしは、当時、孝行息子だね、お父さん、喜んでいるよと、近隣の方たちから褒められた。しかし、そのことでわたしの苦労が報われるという感じはしませんでした。

しかし、関川さんの「義務は愛よりも信ずるに足る」という言葉を聞いて、二年間の介護生活が報われた気がしたのです。

わたしが父親のためにしていたことは、わたしの中に生きていた小さな義務感からでした。それは、わたしが引き受けなければならない何かでした。誰かが、これはお前の義務だと命じたわけではありません。どこかの法律に書かれているわけでもないのです。それでも、それは義務としかいいようのないものであり、どこか遠い過去からわたしの身体の中に入り込み、棲み続けてきたものなのです。

わたしは、その小さな義務を行使しただけです。

権利ではなく、義務の行使。

そこには、言葉はほとんど入り込む余地がありません。あるのは義務という名の返礼です。それは、遠い日に受け取った贈与に対する、返礼だったのかもしれません。

つまり、極めて個人的なものであると同時に、ひとびとによって繰り返され、受け継がれてきた人類史的な「贈与と返礼」の現代的な儀礼のようなものだということです。

人間の社会の深層には、このような義務が埋め込まれている。

普段はそんなことは考えもしませんが、介護という厳しい状況の中で、わたしは、そんなことを考えざるを得なかったのです。

言葉が必要なのは、言葉が通じない場所

介護の後半、わたしと父親の間にはほとんど会話というものがありませんでした。父親は老いと共に、言葉が少なくなっていきました。それでも、わたしと父親との間には、かれが元気だった頃以上に通じ合うものがありました。いや、実際にはほとんど意思疎通はできなかったのですが、少なくともわたしは、父親が発する小さな信号を聞き逃すまいとしていたように思います。

妻とも、この頃はほとんど言い争うということがなくなりました。お互いに還暦を

過ぎて圭角が取れたのかもしれません。いや、それ以上に、お互いが少しずつ愛から遠ざかり、義務を果たそうとするようになったのだろうと思います。

実際のところ、相手の言葉のなかから、それで、本当は何がいいたいのかと、相手の声に聞き耳を立てるようになっているのです。

言葉の内容よりも、ヴォイスを聴くようになったということです。

言葉には、それが指し示す意味とはいつも少しずれたところに本当に伝えたい事柄が隠れているものです。

場合によっては、言葉はまったく反対の意味を持って発せられます。

愛し合う男女の間で、「あんたなんか大嫌い」という言葉には、「あんたが好きで好きでたまらない」という意味が含意されています。

「お前ってやつは、馬鹿なやつだなぁ」と先輩が後輩に言うときに「お前は愛すべきやつだなぁ」という意味が含まれているかもしれません。

言葉の持つ、この両義的な性格はしばしば誤解の種になりますね。

それは、言葉の意味は聞き取れても、相手のヴォイスを聴き取れていないからです。

以前、わたしは自分の会社でひとりの物静かなアメリカ人を雇用したことがありました。名前をポール・タッカーといいます。ポールは、母国で離婚をして、生活を変えるために日本にやってきたのだという。履歴書を見て、わたしはかれが大変優れたプログラマーであり、博士号を持つ男であることを知りました。

実際、一緒に仕事をしてみると、ほとんど天才といえるほどの才能の持ち主だったのです。

わたしはポールと意気投合し、よくオフィスの近くの呑み屋で酒を酌み交わしました。ポールは、慣れない日本語を交ぜながら、英語でわたしに話しかけてきました。わたしは、ブロークンな英語でかれに応答しました。

わたしたちの会話は、ほとんど小学生レベルだったに違いありません。

ただ、ひとつだけ違うことがありました。

わたしたちは、もっと深いところでお互いの考え方を交換したいという思いを常に抱いていました。

わたしは、ポールがわたしに伝えたいのに、うまく伝えられないことがあるのを知っており、ポールも、わたしには、かれに伝えたいのに、うまく伝えられないことがあるのを知っていたということです。

このとき、わたしは、言葉というものの逆説的な効果というものを学んでいたのだと思います。

言葉がうまく通じないその分だけ、思いは通じるということもあるのです。

言葉が通じない分だけ、相手のヴォイスは聴き取れていたということかもしれません。


ずいぶん長い「あとがき」になってしまいました。

本書は、大和書房の長谷川恵子さんのオファーがなければ、書くことのなかったものですが、わたしの中には、いつも本書で綴ってきた「言葉の問題」があったことを言っておきたかったのです。粘り強く待ってくれ、励ましてくれた長谷川恵子さんに、この場をお借りして、お礼申し上げます。

二〇一六年五月　平川克美

出典・注釈

※1　「わが愛する詩」（思潮社、1970年4月1日）。この本に寄稿したメンバーは、山本太郎、大岡信、那珂太郎、茨木のり子、岩田宏、飯島耕一、金子光晴、黒田三郎、鮎川信夫、中桐雅夫、堀川正美、三木卓、吉野弘、富岡多恵子、高良留美子、関根弘。

※2　※1に同じ

※3　詩集〈日常への強制〉より「自転車にのるクラリモンド」石原吉郎（構造社、1970年）

※4　詩集〈不安と遊撃〉より「毒虫飼育」。引用は「現代詩文庫7」（思潮社、黒田喜夫詩集、1968年2月1日）

※5　『セザンヌ』ジョワシャン・ガスケ著／与謝野文子翻訳／高田博厚監修（求龍堂、1980年年11月21日）

※6　同上

※7　谷川俊太郎『旅』所収、「鳥羽」。本文中にも触れているが、この詩の初出は、香月泰男との詩画集『旅』であり、1968年に出版されている。

※8　田村隆一　詩集『言葉のない世界』所収「帰途」より

※9　谷川俊太郎『mamma』より

※10　「ちいさな群への挨拶」吉本隆明／詩集『転位のための十篇』所収

※11　「日本封建制の優性遺伝子」とは。吉本隆明は『転向論』の中で展開した大衆の中に身体化され、内面化された伝統的な価値観をいう。獄中転向した共産党幹部は、「日本封建制の優性遺伝子」に対して屈服したのであり、他方、小林多喜二や宮本百合子の非転向は、彼らの理論が最初から日本的特性との対決を回避したところで構築したモデルニスムスでしかない現実から乖離したものに過ぎないと断じている。そして、『村の家』を書いたもう一人の転向者である中野重治を評価し、日本封建制の遺伝子と格闘しながら自己の思想を貫く姿勢に、可能性を見ている。

※12　「死んだ男」は、思潮社の現代史文庫9〈鮎川信夫詩集〉の、最初に掲載されている作品。

※13　「遠隔対称性」とは、吉本隆明が人間の本質的な特性として挙げているもの。難しい概念だが、人は誰でもが身近な近親者に共感し、やがて身近な人間を否定して、学校の先生や、文学者や政治家といった遠い人間に憧れるようになるということ。「対象」ではなく「対称」と言っているところに注意が必要。吉本隆明は、たとえば、マルクスは偉大であるが、その生涯は近隣の八百屋や魚屋の生涯と等価であるというような視点で、『マルクス伝』を書いている。

この本は、2013年1月から12回にわたり、
大和書房のホームページで連載されたものを
大幅に加筆・改筆し、単行本化したものです。

平川克美
ひらかわ・かつみ

一九五〇年東京生まれ。

隣町珈琲店主。声と語りのダウンロードサイト「ラジオデイズ」代表。立教大学客員教授。早稲田大学講師。早稲田大学理工学部機械工学科卒業後、内田樹氏らと翻訳を主業務とするアーバン・トラストレーションを設立。一九九九年、シリコンバレーのBusiness Cafe. Inc. の設立に参加し、CEOを務める。

主な著書は『移行的混乱―経済成長神話の終わり』（筑摩書房）、『小商いのすすめ』（ミシマ社）、『俺に似たひと』（医学書院）、『株式会社という病』（文藝春秋）、『グローバリズムという病』（東洋経済新報社）など。

カフェ・ヒラカワ店主軽薄 http://www.radiodays.jp/blog/hirakawa
ラジオデイズ http://www.radiodays.jp

思考《しこう》する身体《からだ》に触《ふ》れるための18章《しょう》
言葉《ことば》が鍛《きた》えられる場所《ばしょ》
二〇一六年六月五日　第一刷発行

著者　平川克美《ひらかわかつみ》
発行者　佐藤 靖
発行所　大和《だいわ》書房
東京都文京区関口一―三三―四 〒一一二―〇〇一四
電話〇三―三二〇三―四五一一
ブックデザイン　鈴木成一デザイン室
イラストレーション　赤井稚佳
校正　メイ
印刷　信毎書籍印刷
製本所　ナショナル製本

ISBN978-4-479-39290-3
乱丁・落丁本はお取替えいたします
http://www.daiwashobo.co.jp